Nobook *FWorld*

Brunilde Gambaro

Aspettami

L'amore inventato è un piano perfetto

A cura di Tatiana Carelli

Titolo: *Aspettami, l'amore inventato è un piano perfetto*
Collana *FWorld*

Prima edizione: febbraio 2015

A Mamma e Papà,
per il loro 46° anniversario di matrimonio.

Aspettami

"Ciao Beatrice, non ci conosciamo. Ti ho vista su una foto di Cecilia (che conosco poco) e cosi, mi è scivolato il mouse su 'aggiungi'. Non ho resistito! Vivo in Francia, sono romano e domani vado in Toscana per una settimana. Visto che devo forse passare per Roma, magari hai il tempo e l'umore per un aperitivo? Ciao, Serpe" ed io, reduce da una straziante rottura con un soggetto in giacca e cravatta ma con l'aurea di un avanzo di galera dietro al quale avevo perduto (e sprecato) i miei ultimi mesi di vita:

"Scordatelo Serpe, con il romanticismo devo smetterla una volta per tutte, non sono abituata a prendere appuntamenti né al buio né con amici degli amici... ti sia di consolazione il fatto che in foto sembro molto più carina di quanto non sia in realtà."

"Con il romanticismo non devi smetterla affatto, comincia e ricomincia! Ti riconoscerò per le strade di Roma. Se per caso ci dovessimo incontrare, sarà stato il destino a decidere..."

Bella risposta, ora svanisci! E con questo dolcissimo pensiero avevo abbandonato quel messaggio nella fossa comune dei marpioni della rete.

Non è come pensi, non c'è nulla di banale in tutto

questo. Milioni di persone ottengono sesso facile con i social network. Facebook è un puttanaio e su questo siamo tutti d'accordo. "Ti tiene in contatto con le persone della tua vita" c'è scritto sopra il disegnino che unisce con linee paraboliche delle teste da una parte all'altra del mondo. Facebook è stato il nostro gancio, banale, lo so, ma vero, e se esistono dei ganci è perché esiste un modo per sganciarsene. Sganciarsi, andare avanti e costruire qualcosa di reale. Sarebbe assurdo, ripeto, assurdo etichettare una storia che ha tutti i presupposti per diventare la storia della mia vita solo perché l'input iniziale è arrivato da lì. Sarebbe come dire che le persone non si sposano più perché hanno inventato il divorzio (oddio che paragone è mai questo?). Certo è che non voglio associare nulla di squallido a questo astro nascente delle storie d'amore per eccellenza. E neanche uscirmene con frasi del tipo: tra noi sarà diverso, perché portano jella ed essendo del sud credo molto in queste cose.

Ci siamo conosciuti su Facebook tramite la mia migliore amica Cecilia ma tu e lei vi siete conosciuti di persona molti anni fa, poi persi di vista perché sei andato a vivere a Parigi. All'epoca vi eravate anche baciati durante una festa quindi non sei esattamente uno sconosciuto. Magari analizzando un bicchiere usato da Cecilia potrei ancora rintracciare il tuo DNA. Esisti insomma: certezza, non da poco, # 1.

Quando mi hai contattata la prima volta ti ho ignorato per poi cedere e risponderti addirittura tre mesi più tardi. L'iter è stato quello di sempre, mi rendo conto, ma le cose si sono evolute in maniera ben diversa. Tu abitavi in Francia e le nostre conversazioni non erano quelle che possono consumarsi in un bar per un paio d'ore per poi finire a letto insieme. C'era del pathos. Ecco tutto. Era diverso.

Che errore madornale sarebbe pensare che questa nostra storia parli di Facebook. Il punto è un altro. Oggi sono disperata. Da tre giorni sono iniziati i novanta senza di te. Dallo stesso tempo ho smesso di avere tue notizie ma sono la regina delle giustificatrici. Per "senza te" faccio riferimento al "con te", fatto di interminabili incontri Parigi-Roma, ormai quotidiani, su Skype. Sei partito per Buenos Aires, prima tappa del tuo lungo, e per me interminabile, viaggio in America Latina e per me sei già come un eroe partito per liberare qualcuno da qualcosa. Poco conta che tu sia lì solo per un interminabile itinerario di piacere, roba che chi cazzo se li può permettere tre mesi di vacanza coi tempi che corrono. Tu mi ignori e il risultato è che il mio cuore ti perdona ma il resto del mio corpo soffre per intero. Sono così abituata a vederti sullo schermo del mio computer che non so come farò e quanta pazienza ci vorrà fino alla prossima connessione.

Io e te che su Skype abbiamo mangiato insieme, dormito insieme, fatto progetti su quando ci saremo visti la prima volta. Per mesi mi hai mostrato, la primavera parigina, poi l'estate parigina e l'inizio dell'autunno parigino; devo dire tutti abbastanza uguali, almeno dalla tua finestra, che se non fosse stato per il tuo dorso prima in t-shirt e poi nudo, poi col maglioncino, non avrei capito la differenza. Noi che abbiamo esplorato virtualmente un'intimità coinvolgente a dispetto dei pixel che sembravano censure dello schermo che a volte ci bloccava in fermi immagine che neanche un macellaio avrebbe mai voluto vedere... ma che intensità signori miei.

Domani andrò a ritirare le tue foto scaricate da Facebook senza chiederti il permesso e rinominate *amore1*, *amore2*, fino ad *amore5* insomma. Mi aiuteranno in questi tre mesi in cui, in nome del nulla, ti ho giurato astinenza e dedizione senza averti mai visto in carne e ossa. Le metterò nelle cornici e le sparpaglierò per la stanza come icone da rispettare. Sei talmente bello che averti ben presente ogni giorno mi aiuterà in questo percorso di ritrovata verginità, perduta così tanto tempo fa che non ricordo quasi di averla avuta. Non è mai passato un periodo più lungo di due settimane, forse tre, in cui io non facessi l'amore. Perché io ci credo nell'amore, così tanto da innamorarmi intensamente anche ogni quindici minuti se sono per strada. M'innamoro dei tipi con il cappello, per esempio, un certo tipo di cappello potrebbe aver sotto di sé anche un cesso, ma ci casco come una scema.

Così, su due piedi, mi viene da pensare a Nadir, inglese/arabo di Londra con cappello con il quale ho iniziato una liaison solo perché somigliava a Riccardo, un ragazzetto conosciuto in un locale con il quale avevamo scambiato i contatti su Myspace. Ragazzo affascinante che un giorno dopo pubblicava una foto che lo ritraeva con Tower Bridge alle sue spalle mentre portava un cappello. Comune denominatore 1) cappello e 2) Londra.

E tu amore mio sei nato a Londra, da madre romana e padre inglese, e in una delle foto che ti ho rubato giochi con una bambolina e porti il cappello e somigli a Ian Curtis, però tu sei più bello.

Serpe, come lo chiamano gli amici di sempre, sarà l'uomo che sposerò e non importa se ho detto decine di volte questa frase, stavolta è la pura realtà, il sogno che si avvera, l'uomo della mia vita. L'ho memorizzato così sul cellulare "L'amore della mia vita" anche se da quando lo conosco mi ha mandato un unico SMS. Eravamo in chat la sera prima della sua partenza e ci guardavamo con gli occhioni languidi. Le mie raccomandazioni per il viaggio, la voglia di toccarci espressa con le dita che si incontrano schermo contro schermo e quella maledetta frase che mi esce dalla bocca.

«Se solo mi chiedessi di aspettarti, io lo farei!» e lui che sorride.

«Come potrei chiederti una cosa del genere? Tre mesi sono lunghi.»

«Tu prova a chiedermelo»

«Bea...»

«Ok, scusa» (solo perché non vuoi promettermi niente, uomo medio che non sei altro!).

Stiamo in silenzio per un po' finché mi chiede il numero di cellulare, così, magari, se non trovassi internet ovunque potrebbe comunque scrivermi... Gli do il mio numero, per la prima volta, emozionandomi. Ci salutiamo, la conversazione si chiude ed io scoppio a piangere sentendomi una povera deficiente. Penso a una tazza di tè di consolazione e vado in cucina. Lì il led del mio cellulare lampeggia, un messaggio, un numero strano che non conosco. Lo apro: "Aspettami".

Lo faccio da già tre giorni.

Ne mancano solo ottantasette, quasi ottantasei.

Era un giorno nel corso dei miei quindici quando dissi chiaramente a me stessa: quando avrò trentacinque anni sarò single e piena di soldi. Oggi mancano solo due anni a quel momento ma all'epoca non avevo tenuto conto della crisi economica che avrebbe attraversato il nostro Paese e della profezia dei Maya che prevedeva la fine del mondo in concomitanza con la mia realizzazione personale. Ero una ragazzina impunita e rock'n'roll, i miei genitori mi avrebbero legata se avessero potuto e temo che anche in quel caso non sarebbe servito.

Aspettavo che andassero a dormire per uscire con gli amici, sgattaiolavo di notte per tornare solo un'ora prima che suonasse la loro sveglia, poi andavo a scuola dopo aver dormito tre ore. Nonostante tutto sono sempre riuscita ad esser promossa e a laurearmi, a star lontana dai guai, dalle cattive compagnie, dall'alcool e quasi dalle droghe.

Mi sono concessa della marijuana, la prima volta a sedici anni la ricordo ancora. Me l'ero procurata da un vicino di casa, Marcolino detto Biancaneve, come tutti terrorizzato da mio padre, ex Tenente dai Carabinieri, e quindi, prima di darmi lo spinello confezionato, mi aveva riempita di raccomandazioni. È lo stesso vicino che mi aveva iniziata alla musica rock, che mi passava i cd dei Modena City Rambles (ricordo ancora Ninna Nanna e Vecchia Signora come primo contraltare agli 883...) dei Diaframma, dei Cranberries...

Come in un rituale, avevo preparato ogni cosa nel dettaglio. La giusta areazione della mia camera, il letto pieno di cuscini, e naturalmente la musica. Non so se si trattò di un caso, ma la scelta cadde su Ode to my family dei Cranberries. Ero lì a fumare tutta contenta aspettando dei draghi multicolore a cui salire in groppa per arrivare a fendere le nuvole con la mia spada ed invece non solo non successe nulla di tutto questo ma vomitai trascorrendo il resto del pomeriggio a pulire lo schifo che avevo fatto, piangendo e sentendomi una drogata in colpa.

Niente che facesse per me dunque.

Ero solo un po' fantasiosa in effetti, non ero la ragazza maledetta che avrei tanto voluto essere. Una ribellina con il cuore di burro e grandi ideali riguardo l'amore, tutto qua.

Probabilmente il mio unico problema erano i ragazzi e la mia voglia di averne uno a tutti i costi. Ma ero brutta, e non poco. Troppo magra, troppo bassa, troppo controllata, troppo piatta. Portavo gli occhiali da sempre ed era mia madre a scegliere le montature, i miei vestiti erano assortiti male nei colori e nello stile, la mia convinzione di voler sembrare più in carne, faceva di me un orrore adolescente multistrato pieno di bozzi perché indossavo due paia di pantaloni per raggiungere un minimo sindacale di diametro su cosce e culo.

E mentre le mie vicine di casa iniziavano a sfoggiare peli sotto le ascelle e sul pube come trofei e seni già degni di attenzioni, io mi sforzavo di avere le cosce.

Non c'era differenza tra la mia gamba e la mia coscia e, per quanto ne sapevo, agli uomini piacevano le cosce.

Era l'epoca dei pantaloncini detti "ciclisti" iniettati in tv da Lorella Cuccarini, super aderenti, neri, fino a sopra il ginocchio. Non ero stata abbastanza scaltra da capire che piacevano ai ragazzi perché aderivano al culo come un guanto ed ero convinta di non piacere perché a me stavano come i pantaloncini di carta a Pinocchio. Avevo notato che stando seduta 'ste benedette cosce si allargavano almeno lateralmente e quindi stavo sempre seduta.

La prima volta che riuscii ad attirare gli sguardi di un uomo fu nell'estate dei miei sedici anni. I miei avevano mandato in vacanza me e i miei fratelli con una zia, Dorelle, che poi non era neanche una zia vera ma una vicina della casa dove abitavo da bambina alla quale mi avevano sempre affidata incuranti del suo palese odio nei miei confronti, che detestavo e che mi trattava come Cenerentola.

Mi sono sempre chiesta come abbia fatto zia Dorelle (che normalmente si leggerebbe Dorel ma lei la chiamavamo proprio Dorelle) a non aver mai subito l'amputazione di almeno una delle due gambe visto che, nonostante il suo sfacciato sovrappeso, si ostinava ad insaccarle in gambaletti quattro stagioni fermi con un elastico sotto le ginocchia. Nessun chirurgo cardiovascolare riuscirebbe mai a spiegarsi come l'arresto circolatorio provocato da quelle calze lasciasse comunque in vita la donna. Io presumo fosse perché non aveva un cuore.

Era sempre il mio turno di lavare i piatti e le sue figlie controllavano anche che lo facessi bene. Mia cugina Serenella, più grande e più brutta di me, mi costringeva a depilarle le gambe con la pinzetta delle sopracciglia ma era una scimmia e così impiegavo interi pomeriggi in questa macabra operazione.

Un giorno un amico di mio fratello Francesco, venne in visita a casa nostra. Faceva il Dj in una discoteca importantissima della costa tirrenica. Era un posto meraviglioso, nelle notti chiare si vedeva nitidamente Scilla, io adoravo ballare ed era l'unico svago che mi veniva concesso perché mio fratello mi portava con sé.

Ballavo da sempre, da quando ero piccolissima, era la mia grande passione. D'estate le discoteche erano tantissime e tutte molto frequentate anche dai turisti. Tra le più importanti c'era proprio

L'Harem (nome tamarrissimo). Era bianca, sul mare, frequentata da dj e personaggi famosi. Questo amico era stato "puntato" della cugina pelosa e lui, a dire il vero, bazzicava casa nostra per scroccare pranzi che Dorelle preparava praticamente solo per lui sperando decidesse di innamorarsi della figlia cessa visto che l'altra, Medea, era gay e non faceva che studiare e mantenere un atteggiamento da Emo. Serenella si chiamava così in omaggio alla canzone "1950" di Amedeo Minghi, Medea si chiamava così per "aMedeo" Minghi. In cambio alle attenzioni per questo tizio, noi entravamo gratis e frequentavamo l'ambìto privè.

Quel giorno Dj Zorba, al secolo Carmine, entrando andò sul terrazzo che dava sul cortile lì dove io stavo facendo la doccia in costume. Ricordo perfettamente che la radio in casa suonava ad alto volume la canzone "Nuda" brano di Don Backy interpretato da Mina. Io mi insaponavo e ballavo quel ritmo salsa. A Zorba cadde la mascella. Per quanto magra, il mio fisico era modellato da anni di danza, avevo un culetto di marmo incastonato ad altezze contro ogni forza di gravità, i capelli lunghi e biondi e lì sotto non portavo gli occhiali, ma soprattutto, il mio bacino teneva il tempo latino in modo perfetto.

Mi resi conto solo a distanza di anni cosa avrò provocato agli ormoni di quel poveretto che mi morì dietro per tutta la settimana successiva. Una sera mentre mi truccavo in bagno, entrò lasciando la porta socchiusa e mi stampò un bacio in bocca appoggiandomi contro il lavandino. Dorelle vide tutta la scena, mio fratello lo riempì di botte e il cuore di mia cugina andò in frantumi. Ovviamente venni accusata di averlo provocato, di essere una sgualdrina e mio padre mi vietò di uscire da lì a "per sempre" se non in un gruppo in cui il numero delle ragazze non fosse il doppio più una rispetto a quello dei ragazzi.

Ho vissuto il resto della mia adolescenza di nascosto da lui e oggi che di anni ne ho trentadue le cose non sono molto cambiate. Quel momento fu comunque irreversibile. Quando mi accorsi di avere del potere sugli uomini grazie al movimento, mi sentii onnipotente. E questo, ovviamente, non fu sempre un bene. È difficile scollegare le parole "onnipotenza" e "delirio".

Negli anni mi accorsi anche di esser capace di pronunciare frasi anatemiche e di vederle poi realizzare. Avevo diciotto anni e un fidanzato, Antonio. Era un ragazzo bellissimo, non era della mia città, veniva da Roma dove faceva il modello per firme importanti, l'immagine del suo viso sarebbe stata per anni sui cartelloni giganti per strada e sulle riviste perché era testimonial di un profumo da uomo famosissimo in tutto il mondo.

Era arrivato a Reggio Calabria che era la città originaria dei suoi nonni per finalizzare la vendita di un palazzo di famiglia e si sarebbe fermato lì per qualche settimana supportato dalle conoscenze di alcuni amici ereditati dalle vacanze estive della sua infanzia e adolescenza e che ovviamente lo trattavano come un dio in terra. Proprio loro ci avevano presentati in un locale ed era stato immediatamente colpo di fulmine, dopo un paio d'ore dal nostro incontro io stavo baciando uno degli uomini più belli che avessi mai visto nella mia vita.

Nel suo palazzo in vendita noi avevamo un appartamento enorme.

Dormivamo (quando riuscivo a eludere la sorveglianza
paterna) su un materasso poggiato a terra nell'unica
stanza che avesse dei mobili: il materasso, un frigorifero,
una scrivania, una sedia. Il resto dell'appartamento era
vuoto e noi disegnavamo sulle pareti con le bombolette
spray dedicandoci delle scritte innamorate e passavamo
il tempo a giocare con le macchinine telecomandate, che
lui mi aveva regalato pagandole una fortuna, attraverso
quei corridoi e quelle stanze echeggianti. Mi sono sempre chiesta e non mi sono mai data una risposta sul perché un ragazzo così palesemente meraviglioso e ricco si
interessasse ad una acerba ragazzina di provincia.

Quando smettevo di pormi queste domande mi
godevo quel miracolo che mi faceva invidiare da tutte
le donne della città. La nostra vita insieme era felice,
alcuni dei nostri amici venivano a trovarci, fumavamo
qualche spinello, chiacchieravamo per ore e ore insieme
ai personaggi strani. Lui tornava a Roma almeno una
volta ogni due settimane per qualche giorno, ma questo
non mi pesava anche perché mi portava in regalo degli
abiti e degli accessori meravigliosi e di marche che non
avrei mai potuto permettermi.

Felice, innamorata, pericolosa. Ecco cos'ero.

Tornando alla mia capacità (all'epoca inconsapevole)
di lanciare anatemi, dopo due favolosi mesi insieme
regalai un bonsai ad Antonio e gli dissi "Quando questo
bonsai morirà io e te ci lasceremo." Con questo speravo
di incoraggiarlo ad averne cura, questo era l'intento.
Dieci giorni dopo il bonsai si era probabilmente suici-
dato davanti la scena di lui a letto – materasso – con
il suo migliore amico. E non è un errore di battitura.
Tornavo a casa da una Fiera con in mano un palloncino
a elio per lui e dei biscotti ancora caldi e lì trovai lì,

inequivocabilmente appena in procinto di rivestirsi alla meno peggio. Lo stesso ragazzo con cui avevamo cenato decine di volte, il suo amico d'infanzia più stretto, che di noi sapeva tutto, con il quale mi ero aperta raccontandogli un'infinità di particolari anche riguardo la mia intimità con Antonio. Che conoscevo da sempre. Era lì davanti a me, paonazzo, accaldato, scoperto dai miei occhi che avrà pensato rappresentassero la città intera. Ricordo soltanto che lasciai il palloncino al suo destino contro il soffitto, i biscotti e le chiavi di casa sul tavolo e andai via. Antonio si era scusato al telefono poche decine di minuti dopo tranquillizzandomi "Amore, non sono gay, sono bisex, tra noi non cambia nulla" . All'epoca non c'era ancora internet quindi non avrei trovato la parola bisex su Wikipedia.

Ricordo la fatica di riuscire a reperire il significato di quel termine tra i miei amici più stretti. Io Antonio lo amavo e non sapevo neanche se essere arrabbiata con lui, fosse stato gay lo avrei accettato, ma bisex cosa voleva dire? Magari era qualcosa di grave... in quel caso anche io avrei voluto essere bisex ecco, saremo morti insieme. La soluzione era arrivata dalla professoressa di inglese, la De Blasis, mia fedele amica, giovane e molto dolce nei miei confronti da sempre: "Beatrice, qualsiasi cosa voglia dire, lui ti ha tradito. La parola *corna* è abbastanza italiana, no?" Cosa avrei fatto senza di lei... credo quella sia stata la prima botta all'equilibratura della mia vita di coppia, la prima grossa, enorme buca che ho preso trascurando il rumore sordo dell'impatto solo perché la macchina ha continuato a camminare. Oggi la mia vita relazionale è un disastro totale anche secondo mia madre; amo che abbia smesso di farmi domande e si limiti a chiedere un laconico "novità?" e a non telefonare mai prima di mezzogiorno durante il fine settimana.

Sei arrivato a Buenos Aires e hai mal di denti. Ti avevo raccomandato di non partire senza prima esser certo di aver risolto quel dolore al molare di cui mi avevi parlato durante le nostre ultime conversazioni su Skype. L'ho scoperto guardando il tuo Facebook come faccio ogni volta che ho la possibilità di collegarmi a internet, quindi quando mi sveglio, mangio, mentre parlo al telefono appena rientro e prima di uscire e di addormentarmi. Non ci sono tuoi messaggi per me neanche oggi ma sono ancora in piedi e fiduciosa, non dispero.

Ho elaborato un piano per diventare una donna alla tua altezza e devo esser pronta per quando tornerai, tra quasi tre mesi. Non è facile perché ciò con cui vorrei essere al passo è il fatto che parli perfettamente quattro lingue e hai un fisico da paura. Su quest'ultima cosa si può lavorare coraggiosamente, è il tuo sangue blu quello riguardo cui mi arrendo in partenza vista la mia discendenza prossima ai Simpson.

Tuo padre è un pittore geniale e famoso in almeno due continenti, mio padre, con l'età e dopo l'incidente, è la persona più fastidiosa mai esistita e con l'età sta esagerando ogni giorno che passa. Un episodio che, quando aveva cinquantaquattro anni, gli ha fatto perdere l'udito dall'orecchio destro, un colpo di pistola partito in circostanze decisamente sospette. Quello che ricorda e racconta è la classica storia di chi stava pulendo l'arma dopo averla rimontata, ma noi familiari abbiamo sempre pensato fosse un tentativo mancato di farla finita o quanto meno attirare l'attenzione sulla sua sofferenza dell'anima che lo affligge da quando sono nata.

Successe a casa, nella sua stanza, che io sappia non rimontava mai l'arma in casa anche perché sapeva benissimo ch ed io e mio fratello cercavamo i pezzi per ore quando lui non c'era ma ne mancava sempre qualcuno. Li seminava a dovere, li portava via come un puzzle e la rimontava in ufficio. Questa era la regola.

Quel colpo era partito un giorno in cui faceva caldo e a pranzo avevamo comunque mangiato il minestrone. Fa un gran rumore un colpo di pistola in un appartamento a quell'ora in estate. Lui perse l'udito e mia madre un quadro della Madonna, la donna delle pulizie, la fiducia in lui e tre anni della sua vita. Tutti abbiamo perso qualcosa quel giorno.

Nell'ultima telefonata, il Tenente mi raccontava di aver chiesto (come sempre) alla cassiera del supermercato di spegnere lo stereo perché la musica gli dava fastidio; per farmi capire il tipo di fastidio si mette a imitare con la voce alta e lagnosa la canzone che sentiva in quel momento.

La poverina gli ha ovviamente risposto che non era nella posizione materiale per poter far questo e così lui l'ha presa sul personale ed ha escogitato un piano. Pur sapendo che me ne sarei pentita gli ho chiesto di che piano stesse parlando e lui mi ha risposto che aveva costruito un anello (?!) per bucare i sottovuoto e provocargli così centinaia di euro di danni. "Passami mamma" è ormai la frase con cui concludo le nostre conversazioni dopo questi racconti surreali.

Il mio papino, uomo di vecchio stampo, la sua distorsione di quando racconta i fatti storici, la sua passione per mia madre, il suo amore per la famiglia, il suo criticare qualsiasi cosa, i suoi silenzi infiniti, la sua rabbia verso la vita quotidiana tipica degli anziani. Eccolo riassunto in pochi punti, l'uomo la cui complessità deve inevitabilmente aver segnato il mio tracciato esistenziale. Affidare il mio rapporto con lui a uno psichiatra significherebbe mantenere i figli di questo dottore all'università.

Abbandonata l'idea di fingere di essere stata adottata, per la mia costruzione di una me migliore ho deciso di partire dall'inglese perché ho delle basi, per quanto evanescenti, dal mio percorso scolastico. Devo dire che ero anche piuttosto brava grazie al rapporto quasi materno con la prof. De Blasis. Proseguirò con lo svedese, così, per spiazzarti e per approfittare della mia cara amica, che essendo svedese ha già iniziato a istruirmi.

Ovviamente la frasi che già conosco riguardano discorsi che io e Kasia non possiamo fare in pubblico ed è per questo che so dire cose come "hans ar stor - hans ar liten" così per parlare di uomini a loro insaputa e poi l'intramontabile "jag alskar dig". Le lezioni si terranno a casa sua una volta a settimana e consisteranno nel non parlare in italiano se non per brevi piccole spiegazioni per almeno un'ora. In effetti un po' lo svedese ricorda l'inglese, poi Kasia è paziente e ci facciamo un sacco di risate.

Fra tutte, credo sia in assoluto l'amica più assurda che avrò mai nella vita. Guardandola nessuno potrebbe mai dire quanti anni abbia. È un elfo al quale accadono solo cose straordinarie, nel bene e nel male. Io sono parte integrante della sua famiglia, diciamo che sono l'unico membro della sua famiglia qui in Italia. Ecco, lei ed io per cose tipo "membro della famiglia" avremo riso un intero pomeriggio, lei mi avrebbe insegnato come si dice in svedese e avremmo costruito delle frasi sempre più umilianti per l'intelletto. Siamo comunque abbastanza sveglie da rendercene conto.

Per riprendere le redini dell'inglese invece, ho iniziato a vedere episodi di Doctor House in lingua originale. Purtroppo ci sono i sottotitoli in italiano e così passo tutto il tempo a leggere velocissimo. Male che va, avrai una moglie che sa leggere velocissimo.

La mia inquilina sapeva che mi avrebbe presa all'amo per farmi studiare utilizzando quest'uomo per il quale ho una vera ossessione. Io lo vedo spesso. Il fatto è che mi capita di incontrarlo per strada. L'unico problema è che quando accade sono sempre da sola e così nessuno mi crede e dunque ho smesso di raccontarlo. Proprio oggi, mentre andavo a correre per presentarti delle belle gambe a-cellulitiche e sode, Doctor House era lì, poche decine di metri davanti a David.

David è il barbone in pianta stabile sotto casa, un uomo per tutte le stagioni, nel senso che lo troverai lì con la pioggia o con il sole a vendere i libri che noi del quartiere gli regaliamo per tirar su qualche spicciolo. Un homeless all'antica accompagnato da un cane bello, grigio, vecchio ed ipocondriaco che quando ti avvicini a lui e gli tendi la mano anche senza toccarlo lui fa "Caì!" a prescindere. David non vende solo libri sul suo scatolone, io gli porto anche gli oggetti di cui voglio liberarmi alla fine di una relazione tipo magliette, bamboline, cornici.

I primi di luglio, finita la relazione con l'uomo in giacca e cravatta ma con l'aurea di un avanzo di galera, gli portai un alberello di Natale di vetro soffiato lavorato a mano che il bastardo mi aveva portato di ritorno da un viaggio in Toscana. Bello, devo dire, ma secondo me mi portava un po' sfiga e poi mi ricordava inevitabilmente quel fallito. Non ho fatto molta fatica a liberarmi delle sue cose visto che l'alberello (stimato tre euro) era uno dei tre miniregali che mi aveva fatto in otto mesi di storia, tirchio come nessuno, e che non si contano le cene alle quali mi aveva invitata salvo poi far finta di aver lasciato a casa il portafogli. David guarda l'alberello e mi dice:

«Questo no», (ma guarda questo che fa pure lo schizzinoso).

«Perché, scusa?» gli rispondo già antipatica, «Natale è lontano!»

«E tu lo conservi e lo tiri fuori a Dicembre»

«E dove lo metto, in un cassetto?» (touché, stupida Beatrice) e inizia a ridere. Nel suo sguardo ho letto lucidamente la sua voglia di tirarmelo dietro e mentre mi allontanavo sentivo dietro di me il cane che mi abbaiava contro e lui che rideva con la risata sdentata ed elettrica. Così non ci siamo rivolti la parola fino al ritorno dalle vacanze, poi il tempo cura ogni ferita e abbiamo tacitamente messo una pietra sopra alla cosa.

Ad ogni modo, ieri il Doctor House era poco più avanti del cartone con i libri. Ci siamo guardati di taglio ma ormai faccio quasi finta di niente. Non sono pazza dunque, un pazzo non si metterebbe mai in discussione, o almeno così mi ha detto un'amica psicologa. E va bene, la mia psicologa. Lui è sempre lì sul punto di dire qualcosa e poi il mio imbarazzo manifesto non gli permette di parlare mentre io mi allontano. Solo una volta siamo riusciti in uno scambio di battute ma non è stato niente piacevole. Ero arrivata a Exeter, Devon, da due giorni per le mie vacanze estive ed ero in collera con te, Serpe. All'ultimo momento avevi annullato il nostro primo incontro a Parigi con uno scambio di email terrificante.

On Aug 7, 2012, at 10:16 AM, Bea wrote:

"quanti impegni hai alle 23 di oggi?"

Ero pronta con un volo low cost a raggiungerti per farti una sorpresa last minute dopo tre mesi che ci scrivevamo.

Il giorno 07 agosto 2012 21:16, Serpe ha scritto:

"mi sa che questa volta ci dobbiamo trattenere... vieni in Argentina che per te volare è facile :)"

On Aug 7, 2012, at 9:30 PM, Bea wrote:

"magari durante il tuo lungo viaggio ritroverai tante cose di te, fra cui la coerenza :) farò uno sforzo e mi "tratterrò", ma dal sorridere di questo misunderstanding. credo di riuscirci sai? Un bacio a te serpe, sei molto carino e hai degli occhi innocenti e le mani buone.

B."

E scrivendo queste poche righe mi era partito un rodimento di c*** che lo sa solo il padreterno.

Il giorno 07 agosto 2012 21:44, Serpe ha scritto:

"Mi sono detto che forse è inutile correre, tutto qua! Comunque in un certo senso hai ragione. La coerenza non è il mio forte in certi aspetti della vita..."

Distrutta dalla mortificazione, dalla rabbia e dall'aver buttato i soldi di biglietto andata, ritorno e bagaglio, due giorni dopo ero partita per l'Inghilterra per raggiungere degli amici e per saltare a piè pari la prova costume. La mia rivalsa sarebbe senz'altro stata quella di tornare sbaciucchiandomi con un bello straniero, che mi avrebbe (ovviamente) amata per tutta la vita alla faccia tua. Così già in aeroporto facevo la finta distratta e intanto mi guardavo intorno per capire a quale dei presenti avrei assorbito il cognome.

Il mio progetto prevedeva che mi sarei seduta vicino a lui, avrei fatto finta di aver paura di volare, gli avrei stretto la mano e, come d'accordo con i miei amici, avrei fatto buon uso di parole che conferiscono a un italiano un fascino esotico irresistibile: amore, gioia, bello. Sull'aereo non era accaduto proprio nulla, né al mio arrivo, né durante la mia permanenza, né con gli amici dei miei amici (tutti in coppia).

Una mattina grigia invece, tra le altre inaspettatamente soleggiate, tenevo ben in vista la cartina della città per gridare in faccia a tutti il mio bisogno di informazioni e attenzioni. Ho visto arrivare House già in lontananza, non come al solito che me lo trovo accanto e mi sento spiazzata. Lì avevo proprio tutto il tempo di prepararmi al nostro primo scambio di parole. Zoppicante, occhi celestissimi, barba grigia e incolta e sguardo contrariato. Il cuore mi va in aritmia, scongiuro l'ennesima crisi di panico e prendo fiato abbassando anche la cartina in segno di resa al destino ruffiano.

«'ve you some coin?» biascica...

«So... sorry?» Non ci credo... e lui inizia a sfregarsi il pollice contro indice e medio. L'ennesimo barbone beffardo mi stava chiedendo degli spiccioli. E lì ho capito che nel mio cuore era tutto da rifare. Invece di House era un houseless. Avevo scambiato il mio sogno erotico per un senza tetto che maledicendomi si era allontanato.

Un emoticon con linguaccia alle 4.00 del mattino ora italiana! Oh! Se solo fossi stata sveglia! Avrei potuto rispondere e invece che facevo? Dormivo! Solo da un'ora tra l'altro. Maledetta sia la mia insonnia cronica, maledetta! Fosse almeno servita a comunicare con te e invece niente. Io lo so che non mi crederai ma sapevo aprendo gli occhi che avrei trovato traccia di te sul mio Facebook, lo avevo sognato pochi minuti prima. Non avevo ancora preso il caffè quando la notifica mi ha avvertito di un'e-mail e aprendola avevo trovato uno smiletto con la lingua di fuori. Sono solo riuscita a scriverti: "buongiorno tu. Qui manchi." e a vivere le restanti ore ad attendere un altro segno del mio passaggio nella tua mente. Nel tentativo di restare con i piedi per terra ho setacciato il tuo profilo ma quello verso me era l'unico gesto di contatto con l'Italia che avevi palesato. Ti amo, ti amo, ti amo!

Il problema è di poco fa in effetti. Mentre mi trovavo sul tuo profilo ho visto che hai stretto amicizia con la donna perfetta per te. Speriamo lei non ricambi il tuo sicuro sentimento nei suoi confronti. Non puoi non amarla, sareste perfetti insieme. ventiquattrenne contestatrice, bellissima, impegnata nella politica e quindi con un ideale. A meno che la Moda non sia un ideale, io non ho alcun ideale. Sul suo profilo foto di lei ai microfoni, in mezzo alle manifestazioni e copertine di giornale con la sua faccia sicura e spavalda e lo sguardo fiero.

Contestatrice 1- Bea 0.

Oddio, se penso a come potresti guardarla mi sento morire. Quando una cosa ti piace, il tuo sorriso si apre come quello della pubblicità dei sofficini e a me manca il respiro. Durante le nostre conversazioni su Skype l'ho visto spesso quel sorriso e vorrei tanto che tu l'avessi lasciato a Parigi in uno scatolone insieme agli altri effetti personali anche perché è talmente letale che non avresti neanche potuto imbarcarlo. La concorrenza per far colpo su di te si fa tanto più ardua… sono preoccupata. Sono praticamente certa tu non abbia neanche notato uno dei miei tentativi di stupirti.

Prima che tu partissi ti avevo promesso che ti avrei pensato almeno una volta al giorno. Non mi credevi e così ti avevo risposto che questa cosa sarebbe stata assolutamente dimostrabile. Sulla mia bacheca di Facebook è dunque partito un conto alla rovescia dei giorni che mancano al tuo ritorno. Per ogni numero c'è una canzone che abbia a che fare con questa lontananza. Il giorno della tua partenza hai messo un "mi piace" su *Wish you were here* dei Pink Floyd, poi nessun altro pezzo pubblicato ha ricevuto riscontri da parte tua. Eppure devo dire che la selezione musicale è studiata nel minimo dettaglio e ha già appassionato un paio di amici che mi aiutano in questa ricerca. Lo scopo è questo: trovare e postare ogni giorno, per novanta giorni, una bella canzone, sempre di un artista diverso, con un tema pertinente all'evoluzione della nostra storia. Non sono semplici da mettere in riga novanta pezzi così, sto facendo delle ricerche accurate su Youtube e devo dire che saltano fuori cose parecchio interessanti.

A ogni brano è abbinato un numero preceduto dal segno – e alcuni dei miei amici di Facebook in privato mi chiedono cosa accadrà alla fine di questo count down.

Finora abbiamo: *Wish you were here* dei Pink Floyd dicevamo, *Wild is the wind* interpretata da David Bowie; *Lontano lontano* di Luigi Tenco; *Miss you* dei The Rolling Stones; *Time after time* di Tuck & Patty; *Asleep* dei The Smiths; *Take me to the river* dei Talking heads; *A woman left lonely* di Janis Joplin e *Madness* dei Muse. Ok, non starò lottando in prima fila per la salvezza del mio Paese come la tua amichetta, ma dedicarti tutto questo ben di Dio non è mica un lavoretto da poco. Non sai il tempo che impiego a scegliere l'artista, trovare la traduzione se il brano è straniero e sperare che sia in linea con la nostra relazione. È ovvio che non possono essere canzoni d'amore propriamente detto, né che parlino di trascorsi (che noi non abbiamo non essendoci mai incontrati davvero) ma che riguardino la mancanza, la lontananza, l'attesa, la sensualità...

Tra le persone che mi hanno chiesto lumi riguardo questo mini progetto musicale c'è il tuo amico Gallo, quello che abita ad Atene. Dopo la tua partenza, per sentirti più vicino, gli ho chiesto l'amicizia con una scusa patetica e ora, di tanto in tanto chattiamo. Ovviamente taccio riguardo la mia cotta per te, non vorrei contrariarti e se lui non sa niente di noi avrai di sicuro avuto le tue ragioni e non sarò certo io a spifferargli le tue cose più intime. So che devo stare molto attenta, i miei precedenti con relazioni con amici dei miei fidanzati hanno seminato morti e distruzioni anche fra persone cresciute insieme come fratelli.

Non è colpa mia. È che mi succede che sul finire di una storia, forse per darle un ultimo guizzo di vitalità, riesco a infatuarmi e a sedurre l'amico del mio quasi ex.

Sto cercando nella mia memoria la più eclatante ma

salta fuori quella più recente.

Cinque anni fa ho preso una sbandata che naturalmente ero convinta fosse amore, per un cantante erotomane. Ci siamo conosciuti a un Festival indipendente dove lui presentava il singolo di un nuovo album ed io ero stata invitata da una mia amica che aveva girato un videoclip per un'altra concorrente e che doveva ritirare anche il premio nella sua categoria. Anche lì fu una sorta di colpo di fulmine. L'erotomane, in arte Senior, da quella sera mi diede non pochi pensieri. Passavamo le notti al telefono, la mattina andavo al lavoro con quattro ore di sonno e continuando a sognare ad occhi aperti. Era l'inizio di questo delirio con Senior, astro nascente della musica italiana anche se cantava in inglese perfetto, e che si dichiarava perduto di me e che si toccava al telefono quando non potevamo incontrarci.

I baci e il sesso virtuale di quelle telefonate si erano poi tradotte in appuntamenti clandestini dell'uno e dell'altro (all'epoca entrambi impegnati in altre storie di poco conto) finché non decisi di lasciare il mio ragazzo ufficiale per poter vivere appieno questa follia senza fiato. Ovviamente, saputo questo, Senior mollò la presa senza troppi preavvisi.

Negli anni siamo rimasti in contatto, e amici. I nostri amici in comune si sono moltiplicati e lui non ha mai smesso di cercare di far l'amore con me e di chiamarmi amore quelle poche volte che mi sono concessa ancora alle sue coccole. Posso senza remore asserire che non fosse poi così bravo, troppo concentrato su se stesso, troppo convinto di avere capacità che non sento di riconoscergli.

Il gioco fra noi è rimasto lo stesso di sempre, quando ci vediamo lui finge gelosia per me e ci prova nonostante da un paio d'anni sia ufficialmente fidanzato con un'attrice che oggi si occupa di giardini zen. In tutto ciò, tra i nostri amici in comune ecco Poker, il suo chitarrista che fa il cascamorto con me senza che il suo interesse fosse minimamente ricambiato. Due anni dopo la fine della mia liaison con Senior ci siamo incontrati una sera al Pigneto davanti a un locale dove suonavano amici in comune. In quell'occasione per sviare le sue attenzioni mi ero addirittura dichiarata lesbica.

Il gruppo di Senior intanto fa progressi, iniziano a vincere premi sempre più importanti, suonano in ogni parte d'Italia, i loro cachet salgono, i fan sul loro Facebook cominciano a delirare. Alla fine della loro performance al concerto del Primo Maggio a Roma vado a salutare Senior dietro le quinte dove lui era già assediato da ragazzine innamorate e lì trovo anche Poker in grande spolvero.

Eravamo tutti bellissimi e felici, indossavo un abitino a campana di tessuto leggero e dei grandi occhiali da vista da intellettuale. Poker mi si era avvicinato estasiato dicendomi che ero meravigliosa e chiedendomi come stessi. «Bene – gli avevo risposto – solo che gli anni passano e i mie fianchi si allargano nonostante non abbia figli» avevo detto cinguettando. «I tuoi fianchi sono un argomento che riprendiamo» mi sibilò guardandomi dritta negli occhi con i suoi color asfalto. E con quella frase capitolavo. In un attimo venivo schiaffeggiata da tutta la sua sessualità, prepotente e virile.

Quello che fino allora mi era sembrato un ragazzino sfigato mi appariva ora così mascolino che, da lì a due settimane me ne sarei innamorata perdutamente.

La nostra storia nasceva comunque sotto una pessima stella. Dalla sera al concerto ci eravamo visti solo una volta per un caffè e non ci eravamo scambiati che qualche messaggio e conversazioni, poche, di qualche minuto al telefono anche perché era fuori Roma per un lavoro. Nel frattempo la mia amica Kasia aveva organizzato a casa sua una cena in cui gli invitati eravamo: io, la madre di Kasia, un amico gay della madre di Kasia, un nostro comune amico cantante gay e Senior. Maledetta pazza, ma come ti viene in mente? Detta diversamente sarebbe: Pippi calze lunghe emo, un cantante famoso, un aspirante cantate gay, un arredatore di interni, un milionario gay e me (una spacciata). Neanche a dirlo, dopo risate, alcool e musica e cibo straordinario, io e Senior ci ritroviamo nel salotto a ballare Fiona Apple e a sbranarci pochi secondi dopo sul divano.

Kasia abita in una villa all'Aventino, il salotto non ha pareti ma finestre che danno sul giardino. Era notte fonda, sembrava fossero andati tutti via per un ultimo bicchiere della staffa al bar più vicino ma comunque non mi sentivo tranquilla nell'iniziare a far sesso dalle premesse animali proprio lì.

Così, guadagnata la stanza degli ospiti, abbiamo fatto l'amore per l'ennesima, ubriaca, volta. La mattina dopo, in realtà pochissime ore dopo ha cominciato a lamentare un mal di testa forte come sempre, alle otto decide di alzarsi e andar via e ci salutiamo coscienti che non ci sarà una telefonata del giorno dopo, cosa che sinceramente non mi pesava affatto.

Ormai irrimediabilmente sveglia, mi sono buttata sull'erba nel giardino coprendo gli occhi per il sole e per l'imbarazzo. Ho chiamato mia madre dicendole di essere al parco vicino casa per fare un po' di jogging mentre la verità è che le mie gambe erano immobili e sofferenti dai bagordi della sera prima.

Kasia dormiva ancora ed io ho iniziato a giocare con il cellulare. Mi arriva un messaggio di Poker, un invito a colazione, wow, arrivo! Non sperava di trovarmi sveglia, così aveva detto. L'ho raggiunto al Pigneto dove abbiamo fatto la spesa al mercatino del sabato mattina, stupendo! Lo guardavo interessata spiegare come riconoscere i pomodori buoni da quelli affatto buoni, riconosceva anche gli uomini e le donne del mercato che lo salutavano chiamandolo per nome. Io ero inaspettatamente bella, sembravo una ragazza acqua e sapone profumato.

La colazione era diventata pranzo e poi l'ora di andar via con la promessa che quella sera saremo andati insieme con dei suoi amici al MAXXI perché era aperto al pubblico gratuitamente. Mi accompagna alla macchina e mi offre il nostro primo lunghissimo, appassionato bacio mentre io dicevo un "no" molto poco convincente.

Avevo poche ore per rimettermi in sesto, mi sembrava di non tornare a casa da… mai.

In abito nero e tacchi alti mi presento svettante e fresca al nostro appuntamento, lui spreca complimenti meravigliosi al mio indirizzo ed io lì raccolgo come un'attrice fa con le rose sul palcoscenico e mi bacia.

Mi bacia continuamente e mi tiene per mano. Quando siamo lontani mi tiene gli occhi addosso e mi spoglia e mi adora. A fine serata mi chiede di far l'amore ma a questo non riesco ad arrivare neanche io.

Erano passate meno di ventiquattro ore da che ero stata con quello che comunque era a tutti gli effetti il suo capo. Così declino e faccio pure la figura della ragazza per bene che non la dà via al primo appuntamento.

E questa l'ho scampata. Ma nella chattata su skype del giorno dopo non ho avuto scelta e mentre lui scriveva il mio nome con il suo cognome accanto, ho vuotato il sacco.

L'ho visto cambiare un paio di connotati, ho contato gli istanti in cui è rimasto in silenzio prima di iniziare a insultarmi. Sapevo ciò che sarebbe accaduto. Non mi aveva ancora portato a letto, per quanto il suo orgoglio ferito gridasse vendetta non aveva finito con me. L'avevo perso come fidanzato, questo sì, irrimediabilmente. Da donna queste cose le sai.

Il giorno dopo Poker non voleva parlare con me e neanche quello dopo. Per giorni gli ho mandato messaggi in cui pregavo mi ascoltasse finché sono riuscita a ottenere un appuntamento a casa sua dove abbiamo litigato, fatto pace e poi l'amore. Il giorno dopo lui aveva raccontato tutto a Senior, voleva frequentarmi alla luce del sole e non voleva beghe con il suo amico e collega. Cantante e chitarrista sono più uniti che Albano e Romina ai tempi di Felicità. Senior, che con lui si era dimostrato disinteressato alla cosa, mi aveva telefonato coprendomi d'insulti.

Nei giorni a seguire Poker mi comprava dei fiori gialli, i miei preferiti e li metteva a tavola tutte le volte che mangiavamo insieme, mi comprava le mandorle e me le sgusciava a colazione perché in quel periodo ero fissata con una dieta assurda che lui si premurava di farmi seguire rendendo ogni portata un capolavoro. Aveva preso uno spazzolino da denti tutto per me e lo teneva lì accanto al suo. E la puzza di bruciato saliva come un fungo atomico.

Prendevamo confidenza, e le conversazioni divenivano più dense di significato. Iniziavo ad accorgermi di piccoli segni come il doppio cognome sul suo citofono, le due bici in terrazzo e una mascherina da notte che mi aveva offerto di usare e che mi riusciva difficile immaginare fosse sua prima che mia. Era stato spontaneo nell'iniziare a parlarmi della sua ex ma non abbastanza da non farmi capire che ci stava ancora sotto.

Nel giro di pochi giorni le telefonate si diradavano e le sue comparizioni erano sempre anticipate da giustificazioni non richieste per assenze ingiustificabili. A un certo punto mi dice che sarebbe partito per una settimana a Malta con gli amici.

Non faccio una piega, la sera prima della sua partenza ci siamo scambiati un bacio di quaranta minuti dopo ore d'amore sul terrazzo e sotto le stelle di maggio. In tutti i giorni della sua assenza non ho ricevuto neanche un sms da lui.

Al suo ritorno non c'era più nulla di noi se non uno stronzo che mi diceva che avevo frainteso tutto. Era per questo passato alla storia come Er Fiodena. Fiodena come "fijo de nà mignotta".

Nei due mesi successivi le mie notti erano diventate più insonni di sempre e non riuscivo a rassegnarmi a questa fine idiota di una storia che tutto sommato sembrava carina. Ma il tempo è galantuomo ed è per questo motivo che, a distanza di un anno, proprio nel maggio appena trascorso ho accettato un invito a cena da parte sua vestendomi come per attraversare un red carpet per poi lasciarlo lì come un cretino con un'erezione che gli sarà durata una settimana.

Che soddisfazione.

Vorrei che il capitolo Poker si fosse concluso così ma non sarei sincera. Devo dire che circa un mese fa è piombato con un suo amico a casa mia nel mezzo di un pranzo domenicale con i miei amici e lui e il suo accompagnatore si sono seduti con noi. Ore piacevolissime in mezzo agli altri, sguardi laser e qualche bicchiere di vino più tardi, quattro di noi si trasferiscono a casa sua per cenetta e una partita a Trivial Pursuit. Alle cinque del mattino ero esausta e senza patente e gli ho chiesto io stessa di restare.

Lui era tornato il galante dei nostri primi giorni, mi ha lasciato scegliere una sua maglietta e la stanza per farmi cambiare tranquilla. Ciò che è successo tra me è

Poker quella notte meravigliosa e lunghissima gli è valso il soprannome che porta oggi, Poker non è certo il suo nome di battesimo. Ma con lui ho chiuso adesso... almeno per altri ottantadue giorni, finché non avrò il tuo verdetto.

Di certo è uno di quei soggetti che avrei ritirato fuori nei momenti bui (fosse una macchina in vendita sarebbe parcheggiato nell'area "Usato sicuro"), ma ho fatto una promessa, e se tutto va come prevedo, avrò una ricompensa tale da farmi ricordare con un ghigno di sufficienza ogni retropensiero fatto in questo periodo su qualsiasi uomo diverso da te.

Dove sei adesso?

Negli anni si dovrebbe diventare più prudenti per alcuni aspetti. In realtà la mia impulsività non facilita il compito di riuscire a mediare le situazioni né gli impeti, penalizzandomi non poco a lavoro e spargendo panico nella mia vita sentimentale. Ora che ci scambiamo gli sms ad esempio, se tu scrivi A, io dovrei risponde A e non ABC. Gli slanci, quelli sono un mio problema da sempre. L'iniziativa, ecco un altro problema bello grosso. Mi lancio, mi espongo, mi esprimo fin troppo.

Se in intimità riesco a mantenere la giusta dose di mistero per far capitolare un uomo ben prima di avermi vista senza un cm di stoffa indosso, si potrebbe tranquillamente affermare che sono un tabloid dei miei sentimenti.

Da sempre.

E questa mania dello scrivere, anche. È uno sforzo enorme non scriverti che mi manchi, che ti desidero e che questa astinenza mi sta rendendo pazza! O forse un po' lo percepisci perché sempre più spesso mi saluti scrivendomi "mi loca".

Mia madre ha avuto un bel da fare fin da quando ero piccolissima nel tenermi a bada, seminavo danni e passione già all'asilo. Importunavo un ragazzino che mi dava confidenza solo il sabato, giorno in cui era permesso non indossare il grembiulino. Io mettevo sempre un maglioncino pieno di pietrine trasparenti, le spacciavo per diamanti e andavo a raccontargli di essere ricchissima. E lui ci stava, mi teneva la mano e mi toccava i diamantini. Quando mi hanno detto che sarebbe andato a scuola l'anno successivo avevo dato i numeri, "ma lui sa già scrivere!" "ma io pure!!!" e in lacrime avevo tentato di dimostrarlo facendo una lunga serie di "e" minuscole e tutte attaccate. Mi ero davvero impegnata a scrivere in pochissimo tempo ma questo era servito solo a farmi mandare a scuola un anno prima.

Io, da che ho memoria cognitiva, ricordo di aver sempre provato delle pulsioni nei confronti dell'altro sesso. Niente a che vedere con la ninfomania, è sempre stato qualcosa di delicato e fisico insieme Sono riuscita ad amare lo stesso bambino dalla prima alla quinta elementare, lui fino alla quarta era fidanzato con un'altra della classe ma io sono riuscita nel colpo di coda a portarglielo via, rubando a mio fratello lo scudetto, la maglia e il polsino della Juventus per regalarli a lui, che ne era tifosissimo.

Anche lì, scambi di bigliettini messe nelle scatoline delle tic tac di lui che mi chiedeva di andare dietro l'appendi cappotti a baciarci. Io ci andavo e il cretino rideva e scappava. Se questo non è amore.

La specifica è d'obbligo: io ero brutta, ma tanto.

Portavo gli occhialoni da quando avevo due anni, i miei dentini erano storti e il mio naso pure. Puntando sulla simpatia però qualche risultato lo avevo ottenuto. Fino all'incontro con "e Rè". La mia più grande incompiuta.

Silvio aveva due anni più di me, era di Roma, era così carino. Mi affascinava di lui questa cosa che si facesse chiamare "'e re"…il RE! Ci incontravamo al mare, in estate, quando per Estate s'intendeva tre mesi di sole, spiaggia e spensieratezza. Lui veniva a Tropea con la sua famiglia, aveva una sorella che cercavo di ingraziarmi e due genitori amorevoli.

Silvio aveva quel non so che nel respingermi che mi faceva sentire donna nonostante i miei nove anni, portati malissimo. Gli andavo incontro sorridente ogni mattina con la perseveranza di chi non si arrende e di chi avrebbe insistito nel corteggiamento senza alcuna speranza.

Mia madre e le mie zie mi costringevano a costumi mono-pezzo, ma non era quello a infierire sulla mia bruttezza. Era il salvagente la rovina. Il Re e sua sorella erano dei pesci, il loro padre super atletico gareggiava con loro e anche perdeva, il mio veniva solo la domenica e non veniva mai in spiaggia perché sentiva caldo. A volte facevo finta di saper nuotare, mi mettevo a camminare lì dove ancora si toccava e muovevo le braccia in un improbabile stile libero. Questo non faceva che peggiorare la mia situazione.

Silvio mi piaceva davvero molto. Elaboravo questa cosa nei pomeriggi in cui ci incatenavano a letto per il riposino. Io pensavo a lui fino al mal di pancia. Andai sul terrazzino dei rimandati e scrissi delle cose su una lettera per il mio Re.

La mia prima lettera d'amore. Non i soliti bigliettini per il mio compagno di classe (d'estate il nostro fidanzamento andava in standby, non avevamo mica cellulari all'epoca) una vera lettera. Ne ho scritte così tante nel tempo, ringrazio il cielo per tutte quelle che ho ricevuto.

Le lettere d'amore sono come la memoria olfattiva, la più profonda e atavica che abbiamo. Ci sono due righe, ricevute o scritte, capaci di riaprire capitoli solo nostri. Le estati della piccola, bruttina Beatrice.

Vedevo cadere le stelle d'estate ed esprimevo come

desiderio: voglio sposare…

Si fossero realizzati tutti quei sogni, campavo con gli alimenti da un pezzo. Ancora inconsapevole di questo, scrissi quella lettera tutta di un fiato a Silvio. Era piena di "Ti amo, mi piaci, i tuoi occhi verdi…" Ne ricordo ogni parola, tra le altre cose, gli avevo dato un appuntamento dietro casa di nonna dove c'era un biliardo tutto rovinato dal tempo e inghiottito dalla salsedine. A quell'appuntamento si presentò mia madre, con in mano la lettera. Era stata la madre del Re degli stronzi a darglielo poiché il figlio era "infastidito dalle mie insistenze".

«Perché hai scritto questa?»

«Non l'ho scritta io.»

«Vediamo se la tua scrittura somiglia a questa allora» e mi mette in mano una penna.

Inizio a scrivere tremante con la mano destra, ma che fossi mancina lo sapevano anche i sassi. Mamma mi diede una gran lezione di cui però non tenni mai conto. Disse che agli uomini piace corteggiare, non essere corteggiati. A me piace corteggiare e quella fu la prima di non so quante lettere d'amore ho scritto nella mia vita. Se ne avessi conservata una copia di ognuna avrei una traccia perfetta dei mille modi d'amare di cui sono stata capace. Per il resto dell'estate Silvio mi aveva ignorata e snobbata ed io mi feci venire la colite. L'anno successivo lui e la sua famiglia cambiarono meta turistica e non lo vidi mai più. Ma il tempo è galantuomo e Facebook un fedele alleato, a volte. Ribeccando la sorella di Silvio, ovviamente sono stata io a cercarla, ho appreso che intorno ai sedici anni lui si scoprì gay. Ed eccolo lì felice e in canottiera con un drink in mano e il suo ragazzo sotto il braccio. Il mio fallimento è pressoché azzerato, so' soddisfazioni.

La parola di oggi è gelosia. Chiunque mi conosce sarebbe profondamente preoccupato sapendo che
voglio affrontare l'argomento. Io sono pazza di gelosia!
Ho sfasciato case, facce, motorini, amicizie e famiglie
per gelosia. Gelosia per tutto, per gli oggetti, per i miei
familiari, per gli amici e ovviamente per il mio uomo.
Mi sento una super donna ora che riesco a mantenere
a bada quella per te. Mi sono rassegnata al pensiero che
dovrei fare le tue esperienze ma non voglio saperne nulla
ed è una domanda che non ti farò mai al tuo ritorno. E...
colpo di scena, ecco la TUA scenata di gelosia!

Oggi però ho commesso un errore diplomatico grosso
quanto non so che, qualcosa di veramente grosso.

Da dove cominciare? Dal fatto che mi hai scritto
un'email infernale o dal fatto che mi hai tolto l'amicizia da Facebook? Devo mantenere la calma, è stata una
giornata più che difficile visto che l'ho affrontata senza
praticamente aver dormito. Quei bastardi del piano di
sopra ieri sono rientrati alle 04:22 proprio sopra le mie
teste, ubriachi e in compagnia di qualche rumorosissima
giumenta.

La porcheria è andata avanti fino alle 06:10, dieci
minuti prima della mia sveglia, nonostante i miei goffi

tentativi di zittirli. Il metodo è sempre lo stesso, prendo il bastone con il quale appendo i vestiti in alto nell'armadio e comincio a batterlo conto il soffitto. Immagino che questa scena vista dall'esterno sia a dir poco raccapricciante.

Sembro il personaggio sguaiato di una recita scolastica con una spada finta, in mutande e l'apparecchio ai denti (il mio sorriso perfetto che ti ha inchiodato allo schermo non è stato esattamente un dono del cielo, di notte dovrò portare l'apparecchio a vita). Con quel coso in mano tipo He-Man con la sua spada che non capisco perché va sempre un po' di lato e mai dritto per dritto.

Tornando al mio errore madornale… ti ho scritto un'email, ti ho scritto su Skype, ti ho mandato un messaggio… non mi rispondi. Ti sei arrabbiato perché io e Gallo (e tu sei il nostro unico tramite) ci siamo scambiati qualche battuta un po' spinta sulla sua bacheca. Ho riletto il dialogo pubblicato lì alla mercé di tutti e, in effetti, vorrei svanire nella notte più buia.

Ma come ho potuto? Maledetto egocentrismo, maledetti piani fallimentari maledetta me che a trentadue anni faccio sempre lo stesso errore. Una conversazione da cui traspare talmente tanta confidenza che Gallo ed io sembriamo una coppia con trascorsi intimi inenarrabili. Una fluidità di linguaggio, un appeal, un trasporto, e soprattutto una tensione erotica da affilarci sopra le spade giapponesi. Colpa mia, me ne prendo ogni responsabilità.

Gallo è intrigante e sta al gioco, io non so se effettivamente lui non sappia nulla di noi, ma sento la sua voglia di comunicare con me, non me la spiego e non mi spiego perché mi piaccia così tanto. Da una parte spero che tu non vada sul suo profilo, dall'altra l'idea di far traballare un attimo la tua sicurezza mi eccita. Ma temo di aver esagerato. Mi conosco, mi addormenterò con il computer acceso e il telefono con la soneria al massimo, non avrò pace finché non mi risponderai. E poi mi lascerai, per quanto questo sia possibile per chi come noi non si è mai sfiorato ed io piangerò tutte le mie lacrime e quelle di tutte le donne ferite mai esistite. E stanotte stessa amerai un'altra come avresti dovuto amare me! Maledetto anche il tuo amico, così carino e affascinante che mi ha ridotta a fare la civettuola di sempre. Ma io ho fatto un fioretto! Ho giurato astinenza sono innocua, dai! Non ce la faccio, è più forte di me, appena mi rendo conto di esercitare seduzione su un uomo comincio a fare i numeri ed esagero. Ora il mio telefono è accanto alla mia mano, giuro che se una qualsiasi delle mie amiche si azzarda a mandarmi un messaggio che mi faccia squillare il cellulare illudendomi che sia tu, prendo la macchina, la raggiungo ovunque si trovi e la faccio penzolare da un'altura, la prima che trovo rientrando verso casa. No, seriamente. Non mi stai rispondendo. Pausa cena, se non mangio posso morire. Solo un piatto di pasta ma computer e cellulare vengono con me.

Facebook Ore 5.46: Serpe wrote:
"lo so. È un po' drastico togliersi l'amicizia. E certo che c'entra il mio orgoglio maschile. Ma c'entra soprattutto il semplice fatto, che leggendo questo vostro scambio fra persone così apparentemente intime (ma da dove sbuca 'st'amicizia? ti ha aggiunto lui?), mi è sembrato improvvisamente molto chiaro, che non voglio rapporti che nascono così, sono troppo fragili e leggeri. L'apparente vicinanza che crea internet, sembra poter accelerare i tempi nella costruzione di un rapporto, ma in modo del tutto illusorio. Quegli stessi rapporti non possono che disintegrarsi alla stessa velocità. Forse perché alcuni comportamenti umani sono portati all'estremo, dall'auto-rappresentazione ostentatoria alla

voglia di nuovo di fronte all'infinità delle scelte possibili. Non mi sembrano delle buoni basi, e soprattutto non è quel che desidero in questo momento."

Facebook Ore 6.51 (appena tornata da un venerdì sera destabilizzante) Bea wrote:

"Adesso mi stai facendo male. tanto. Tu non sai niente di come io stia adesso e non riesci a distinguere uno scherzo da qualcosa di diverso. Forse perché non era diverso per te. Le riflessioni cosmiche sui social network mi sembrano finanche dozzinali nonché quasi un pretesto. Non ho mai costruito niente su un approccio del genere, né tantomeno ho mai pensato a Gallo nei termini in cui penso a te. Ma tu giudichi e sai tutto e allora non so più che fare. ora mia alzo e vado a lavoro, qui sono le 6.42 ed io ho dormito con il computer acceso sperando tu potessi capire.

Avrò anche sbagliato a tenere alti i toni di una cazzata di scherzo ma se fucili via le persone così dalla tua vita forse non sono l'unica ad aver commesso un grosso errore. Togliermi anche il diritto di sapere come stai ora che sei dall'altra parte del mondo lo trovo crudele e vigliacco e se lo vuoi sapere fa un male cane. Non ho ricevuto un solo messaggio da quando sei via, fino a ora certo... ma ho sempre pensato che avessi i tuoi buoni motivi e rispettavo il fatto non ti importasse abbastanza dirmi neanche ciao.

Ed eccoti lì ora che sai tutto.

Ti ho pensato tutti i giorni, molto più che una volta al giorno, se solo sapessi... ma non ti riguarda più vero? Che dolore Serpe, quanto mi manchi e quanto fai male. Se ci dovessi ripensare, mi troverai lì ad aspettare, come promesso."

Ah-a! E qui ti ho steso bello, scrivi che sembri l'uomo di latta e ti risponde la donna di cuori...

Lì era notte e tu mi hai risposto nove ore più tardi

(nove lunghissime ore più tardi)

Facebook ore 17.40 Serpe wrote:

"Dai stai tranquilla. Non voglio minimamente che tu stia male! Adesso devo scappare, ma ci scriviamo, domani, con calma!"

Facebook ore 17.54 Bea wrote:

"E tu non devi preoccuparti di come io stia, vista la tua stima pari a zero. Buona giornata Serpe!"

E prima o poi me la dovrò fare una domanda sul perché i tuoi amici ti chiamano Serpe, no?

Ho escogitato un piano. Quando due o più donne si parlano raccontandosi di uomini che si fanno vivi a intermittenza (leggi "quando hanno voglia di far sesso e hanno già fatto tutti i numeri in rubrica prima del tuo") il consiglio è quasi sempre (mano sul braccio e sguardo dritto negli occhi) "Ora devi sparire!". Chiariamo una volta per tutte: loro, gli uomini, vogliono che la donna sparisca, ergo gli stiamo facendo un signor favore. Io non sparirò amore mio, scordatelo.

Adesso mi calmerò come solo una signora sa fare perché quel che so è che sono riuscita a passare dalla parte della ragione. Sei stato antipatico e drastico ma sei anche un ragazzo perbene ed è proprio il senso di colpa per avermi ferita che ti tornerà dietro come un boomerang. Io aspetto sfregandomi le mani e facendo partire il mio dirty week end.

Il nostro patto prevede astinenza. Qualsiasi altro estremo non risulta nel contratto. Del resto anche Candy Candy era innamorata di Anthony, ma non è certo rimasta lì ad aspettarlo a braccia incrociate. Lungi dal paragonarti a un minchione in cornamusa, ma tu per me sei un po' come lui.

Anche lui e Candy come me e te ridevano nello stesso modo. Vorrei farti l'esempio del canto di un uccello per

47

paragonare il suono unisono delle nostre risate ma non conosco gli uccelli, anzi sono proprio terrorizzata dai pennuti.

Comunque è una roba tipo un incrocio tra la A e la E e noi la suoniamo così: "Aa e A A Ae Ae È Ae Ae Ae È", come due che si amano quindi. Parlano tutti di quel cartone come l'esempio della sottomissione crocerossina delle donne che farebbero per gli uomini qualsiasi cosa. Io trovo che l'aspetto più considerevole della situazione sia quello profetico e mi verrebbe da suggerirlo a tutte le mie amiche che non fanno che partorire piccole femmine: per capire se una bimba diventerà una zoccoletta basta farle vedere qualche episodio di Candy Candy in età pediatrica.

Se preferirà Anthony tutto a posto, se le piacerà Terence non ci sono cazzi, piagnucolerà almeno fino a trentacinque anni appresso a maschi squattrinati, tendenzialmente pure cessi, che faranno di lei una che manda messaggi senza risposta.

A me non piacevano i ragazzi con i capelli lunghi, solo così sono scampata a Terence. C'è da dire che non avevo un granché stima del biondino con la gonna quindi tu oggi per me sei una vera eccezione.

Il problema grave è che già da piccolissima avevo le prime risposte erotiche dal mio corpicino piatto quando guardavo Adriano Celentano. Tamarro, senza capelli e con una paresi al sopracciglio. Mi mandava in delirio e dicevo che da grande lo avrei sposato. Ovviamente, al di là dell'impossibilità oggettiva, c'è anche che proprio lui sia l'unico uomo dello spettacolo a non aver mai lasciato la moglie . Solo per questo alla fine io non sono mai diventata la signora Beatrice Celentano, ma basta guardare il mio albero ginecologico per recuperare facilmente tracce di quest'uomo.

Anche House in qualche modo discende dalla stirpe degli "sposerò Celentano", il suo incedere poliomielitico potrebbe essere simile alla celeberrima modalità di muoversi del molleggiato.

Mi manca sapere di te come cammini. Mi piacerebbe guardarti da dietro mentre lo fai. Se poi penso a te poco più avanti di me con le sacche della spesa che ti fermi ad aspettarmi sorridente, mi sento svenire il cuore. Devo confessarti che una volta guardando un uomo di schiena pensai che sarei stata con lui tutta la vita. Naturalmente mi sbagliavo.

Dell'uomo in giacca e cravatta ma con l'aurea di un avanzo di galera, praticamente vidi solo la schiena perché camminava sempre davanti a me di almeno otto passi, lo stesso stronzo che un giorno girandosi non mi trovò più dietro di sé e cominciò a cercarmi senza trovarmi mai più.

La schiena di Poker è forte e rassicurante ma da come cammina si vede che è fatto per camminare da solo. Tu ed io ci terremo la mano ed io sembrerò una bambina, così più piccola di te come credo di essere. Visti da dietro sembreremo Charlie Chaplin ed il bimbo de "Il monello". Ammesso tu mi ridia l'amicizia e voglia perdonare la mia piccola divagazione…

Buonanotte Serpe, io mi auguro davvero valga la pena di affrontare questo supplizio di Tantalo. Sono appena tornata a casa e sono le 6.40 del mattino. Ho controllato online e non ci sei. Nessuna traccia del perdono che ti ho chiesto ma non demordo, ti ho appena scritto l'e-mail supplichevole e più convincente della storia. Se mi dovessi sbagliare, non so davvero a che santo votarmi, ma so già che crollerai sulla frase "(…) se avessi anche solo il sospetto che dietro questo sfogo di mero orgoglio ci fosse un barlume di meravigliosa gelosia sarei felice anche di averti irrimediabilmente perso."

Che pathos, che stile, che sentimento. Io sono di ritorno da una serata al Clockwork Lemon dove il gruppo dei miei nuovi amici, organizzava la prima di una lunga serie di serate a tema.

È stata Cecilia poche settimane fa a presentarmi i The Saver, nome del gruppo con cui Stef organizza queste nottate impietose. Lui è anche leader dei Drum'n'brave, un gruppo che all'estero è già abbastanza conosciuto ma che in Italia non riscuote grandi consensi. Mi fa ridere il suo apparire come un fattone in netto contrasto con la tenerezza di cui è capace.

In effetti tutti questo nuovo gruppo è molto più innocui di quanto non minaccino i loro atteggiamenti, le loro occhiaie e i modi di vestire. Qualcuno beve un po', qualcun altro fuma qualcosetta ma alla fine riusciamo tutti a tornare a casa quasi in coscienza.

Lo zoccolo duro è composto da Stef, il suo ragazzo Marco, Annachiara, Alex (diminutivo di Alessandra), Kasia e Matteo. Kasia resta un po' outsider, anche lei come me introdotta da poco ma comunque dentro fino al collo quando c'è da esagerare e far serata.

Attorno a questo nucleo si muovono varie strane figure con percentuali di presenzialismo che variano dal 40 al 10%. In ordine sparso abbiamo la lap dancer, un tatuatore, il cantante, il travestito e via dicendo. Io sono quella con il lavoro normale, ma loro dicono che il mio atteggiamento bipolare e la mia indole non c'entrano molto con quello faccio e che questo mi rende particolarmente divertente. Quando vogliono consolarmi dicono "Tranquilla Bea, non sei normale." ed io mi sento subito meglio.

Non ho toccato un goccio d'alcool stasera, fatto salvo uno shottino di vodka messomi in mano da uno dei lucignolo mentre stavo ballando. I problemi sono iniziati con l'arrivo di un amico di Annachiara, un tipo alto e brizzolato con un bel sorriso da bastardo e un fisico da arresto cardiaco immediato che gli si vedeva da sotto la maglietta.

E quando è che piomba?

Mentre io stavo parlando della mia astinenza alle mie amiche belle, sorridenti, incredule e truccate. Amiche in comune ovviamente che non hanno esitato a sputtanarmi parlandogli dei miei restanti 75 giorni senza sesso.

Adesso... cosa succede tra una donna in dichiarata astinenza e un uomo puttaniere, bello, in carriera e osannato da tutto il pantone di femmine della serata? Ovviamente da quel momento sono diventata il suo obiettivo più ambito e non c'era modo che si distanziasse di più di due metri. Sto cercando un soprannome per lui e mi vengono in mente per la sua bellezza (mai neanche lontanamente paragonabile a quella di Serpe, ovvio) cose di stampo religioso ma lui non aveva niente di neanche lontanamente etico, figuriamoci dargli un nome di un dio. Per questo ho deciso di chiamarlo Cribbio.

Per tutta la notte Cribbio mi parlava vicino all'orecchio, per via della musica alta, e le nostre labbra hanno rischiato incidenti almeno una ventina di volte. Il suo livello di testosterone era così alto che diventava elettricità sulle sue dita che mi sfioravano i fianchi mentre ballavamo e che mi prendevano le mani per baciarle.

E lì, quando mi ha sorriso e mi ha preso il viso tra le mani e ha finto di avvicinarsi per baciarmi digrignando un po' i denti perfetti, che avrei voluto salire sul palco, fermare la musica, afferrare il microfono del Dj, zittire tutti e gridare: Perché? Perché queste cose non accadono quando una ha fatto la promessa di non scopare per 89 giorniiiii? Perché erano mesi che non incontravo qualcuno di vagamente interessante? E poi avrei lasciato il microfono che fischiava e sarei scappata via a testa bassa e con le braccia di lato come Holly e Benji.

E invece sono rimasta lì a fare la profumiera con Cribbio fino alle 5:00. Salutandoci mi ha abbracciata così forte che temevo un concepimento. Ma a testa alta sono riuscita ad andar via fiera della mia virtute.

Certo è che se non mi perdoni per quella chattata con Gallo dopo il livello di difficoltà superato questa notte potrò affermare con certezza che il karma non esiste, in nessuna religione.

Il giorno 29 settembre 2012 10:41, Serpe ha scritto: "vorrei solo baciarti adesso."

Notifica in alto a destra sullo schermo di Facebook:

"Beatrice, Serpe jo soy ha confermato la vostra amicizia su Facebook."

Ed io mi sono messa a piangere commossa e innamorata come una scema. Sarà un premio per il sacrificio di ieri! Il cielo è con me in questo viaggio, ora lo so. Questa gioia fortissima che mi sorprende mentre ancora non ho bevuto il caffè e ti ho cercato con gli occhi semiaperti come se avessi allungato un braccio per toccarti nel nostro letto e ti avessi trovato senza aspettarmi che tu fossi lì, accanto a me. Sono pazza di te al punto da abbracciare la tua foto ingrandita in bianco e nero. E ti ringrazio. Hai capito.

Facebook è il gradino al buio, lo spigolo del comodino quando sei scalza, la maniglia in cui ti s'incastra la manica che poi si strappa, la sabbia nelle mutandine, il sassolino che entra nelle infradito. Una fucina di puttanieri sotto mentite spoglie, rimorchioni da avanspettacolo.

E infatti eccolo lì Cribbio che mi chiede l'amicizia ed io che l'accetto e non è solo cortesia. L'ennesimo pomo d'Adamo con il quale mi strozzerò. Devo uscire da qui. In qualche modo. Ma non posso togliermi da Facebook, sono pur sempre a centinaia di chilometri di distanza dalla mia terra natia, i miei amici di sempre e i miei fratelli si risentirebbero.

A questo penserò con calma. Oggi mi godo questo momento d'inaspettata euforia pura, cambio le tende, le lenzuola al letto, vado a far la spesa, poi a correre, poi doccia e cena a Calcata con amici. Dio dell'asessualità, se esisti per favore, bussa alla mia anima.

Non vorrei ma mi ritrovo a soffermarmi sulla tua reazione così drastica di scaraventarmi via dalla tua vita in un attimo. Come siamo riusciti a litigare con un oceano in mezzo a noi? E, cosa più importante, ora che la storia con il tuo amico è chiarita, sparirai di nuovo? E ancora, ho una macchia indelebile addosso che ti farà per sempre dubitare di me amore mio? Esistono gesti o situazioni che ti fanno precipitare irrimediabilmente le persone dal cuore.

Capita che le persone facciano qualcosa di inconsapevole quanto irrimediabile. La mia vita e quelle delle mie amiche sono costellate da situazioni del genere. Ad esempio sono passati anni da questo raccapricciante episodio ma lo ricordo ancora benissimo.

Mi piaceva un ragazzo, mi pare si chiamasse Simone, e mi aveva chiesto di uscire con lui e altra gente. Il locale era una specie di enorme birreria dove, da un certo orario in poi, era prevista musica da discoteca. Le premesse in effetti non erano proprio entusiasmanti ma volevo capire con chi avessi a che fare. Finiamo il panino, beviamo la birra, lui mi parla della sua passione per Renato Zero, io inizio a farmi delle domande ma resisto. Gli scambi con i suoi amici sono pochi, poco interessanti e resi ancora più complicati dalla musica alta e dalla mancanza di argomenti. A un certo punto l'aumento del volume dichiara aperta la serata danzante. Maledetti Gipsy King, per sempre siate maledetti. Simone si alza quasi di scatto, indietreggia ondeggiando il bacino a scatti mentre m'indica con la mano e tiene i suoi occhi fissi nei miei.

Io resto ferma e lo guardo e spero non mi venga una gastrite. Inizia a ballare e subito avverto il nefasto presagio. Lo vedo come al rallenty, ancora oggi. Lo osservavo nel suo dimenarsi, ostentava conoscenze prive di qualsiasi tecnica e lo odiavo al pari di quanto amassi la danza. Il momento chiave: batte le mani e butta indietro la testa. Mi ha persa quando, dopo il clap delle mani, i suoi capelli sono andati prima tutti avanti, poi tutti indietro. Mi ha guardata convinto di aver fatto una figata, mordendosi le labbra come uno in sofferenza, convinto io potessi dire a me stessa però... balla proprio bene! Ma io già non sopportavo più il solo fatto di averlo conosciuto.

Le persone le perdiamo così, senza accorgercene, un gesto sbagliato, una parola detta male, un battito di mani, una chattata spinta sulla bacheca di un amico intimo dell'altro, una catenella tamarra su una scarpa. Chissà quanti mi hanno bocciata per motivi analoghi, chissà in quanti mi hanno messo una X rossa sul viso senza che me ne accorgessi. Rifletto sui miei gesti tipici: mi tocco sempre le labbra, mi gratto la tempia sinistra, a volte perdo le scarpe mentre cammino, se mi emoziono divento balbuziente.

Cammino sempre sulla destra delle persone, non bevo dai bicchieri al bar se non con la cannuccia e quando ordino al ristorante ho mille precisazioni da fare su come voglio le cose e su cosa non posso mangiare, potrei impiegare dieci minuti per ordinare un primo. Sarà per questo che i miei ex hanno sempre sposato quella dopo di me o perché ero promessa a te? Ti piaceranno le mie manie, mi piacerà l'odore della tua casa, del tuo accappatoio, russi forte mentre dormi, fai rumore mentre mangi, abbai mentre fai l'amore? Ma soprattutto amore mio, mi riuscirai a perdonare ogni volta che ce ne sarà il bisogno, e dio solo sa di quante volte stiamo parlando?

Sono le 2.39 del mattino ed io sto volando. Vorrei una sigaretta per sublimare questo senso di appagamento ma in questa casa non ci sono neanche sedie di paglia da sventrare.

Abbiamo appena finito di chattare su Skype ed io ti amo. Mi hai parlato del tuo cane che è morto e della gattina sua amica che ora soffre ma io mentre raccontavi commosso sorridevo perché pensavo solo a quanto ti amo. Non che non mi importasse del tuo cane trésor, certo che mi è dispiaciuto, mi hai mandato anche la foto. È solo che non ti vedevo da quasi venti giorni! Mi hai fatto conoscere la tua inquilina, miracolosamente cessa, e ho amato anche lei.

Mi hai presentata come un'amica di Roma ed io avrei voluto dicessi mia moglie e ti amavo. Abbiamo chiacchierato un bel po', a dire il vero io scrivevo e tu parlavi perché questo pc ha deciso di privarmi della voce che non riuscivi a sentire. Tu adori la mia voce un po' roca ergo ho subìto un danno mica da poco. Se poi consideriamo l'orario non è che fossi proprio in formissima... oggi ufficio, poi danza... mettiamoci pure che qui sono quasi le 3.00.

È notte fonda Serpe, ed io ti amo, mi hai ritirato fuori il discorso di Gallo, ti sei mostrato ancora geloso hai insinuato mille cose riguardo i miei flirt perché volevi sapere. Tra qualche giorno andrai in Bolivia e da lì sarà ancora tutto più complicato. Mi hai mostrato la tua casa di Buenos Aires stasera, avrei voluto un obiettivo capace di rilevare le eventuali tracce organiche del passaggio di tutte le donne con cui ti ho immaginato sul tuo letto ma mi sembrava a posto. Mi hai raccontato dei tuoi nuovi amici e di quello che fai, mi hai fatto vedere la strada sotto casa e mi hai mandato dei baci belli e imbarazzati perché c'era la tua inquilina che ti ha strappato alle mie braccia preparandoti il cous cous... Continuavi con le battutine riguardo me e Gallo e a quel punto ho deciso di mostrarti le tue foto nella mia camera. Mi hai detto "tu es loquissima! " e ti sei coperto gli occhi. Lo so, avrai pensato che sono una mitomane.

Temo tu abbia ragione perché ti amo. E non ti ho ancora mai incontrato. Ti amerei anche se avessi visto solo i tuoi occhi e nient'altro di te.

"Sono in ufficio e sono piena di te. A Roma c'è il sole mentre conto i giorni e mi dico che prima di toccarti sarà vento, pioggia e lana sulla pelle e sole tiepido e poi freddo. Ma non me ne importa proprio niente. Riuscirei a pensare solo a te anche solo ricordandomi degli occhi che ho visto ieri.

Penso che un giorno faremo una nuotata, penso all'amore tra le lenzuola e su ripiani qualsiasi ma quando penso a te in uno stesso luogo con me penso alle risate prima di tutto e alla musica poi. E se mi dovessi sbagliare, dovrò ringraziarti di ognuno di questi giorni in cui tutto mi sembra un meraviglioso sabato del villaggio. buona giornata ragazzino."

Così ti ho scritto stamattina mentre i colleghi a lavoro muovevano le labbra emettendo suoni privi di interesse. Ieri mi hai salutata dicendo che ci saremo visti oggi senza sapere che combatto l'insonnia da anni e con ogni mezzo e che le nostre conversazioni notturne fanno di me un panda felice e completamente rincoglionito per tutto il resto della giornata. Devo abbassare un po' i toni perché sembro un'insana mentale, lo so da me. Così nei prossimi giorni il mio piano prevede un atteggiamento un po' più sostenuto. In amore vince chi fugge bello mio, lo sai bene tu che te ne sei andato in America latina per cercare chissà ché. Ieri mi hai guardata nell'unico occhio che riuscivi a vedermi tra un pixel e l'altro e mi hai detto: "A dicembre tornerò a Roma per un po', ho bisogno di radici. Forse tu sei le mie radici."

Alla luce degli accadimenti degli ultimi mesi non credo di rinunciare a molto decidendo di non muovermi da dove mi hai lasciata, cioè dietro lo schermo di un Pc. Voglio dire la verità, non voglio mentire come ho sempre fatto. Voglio proprio vedere se questa cosa dell'essere sé stessi funziona. Su Skype, ad esempio, io ti sorrido molto più di quanto non lo faccia normalmente proprio perché cerco di sembrare più solare di quanto non sia e la voce roca che ami tanto è frutto di nottatacce senza una regola che sia una.

È dunque meglio dire la verità o trovare un rimedio per quando sarai qui come ad esempio prendermi una polmonite? È che con l'età tutto comincia a diventare ingombrante e man mano che il passato diventa un bagaglio pesante, gli scheletri avrebbero bisogno di una cabina armadio. Ci sono occasioni in cui una donna è costretta a mentire, come può un uomo pensare di fare la domanda "con quanti uomini sei stata prima di me?" e pensare di ricevere una risposta reale se già quando iniziano a capire e dire "Più di dieci?" ti fanno una tenerezza che per nessuna ragione vorresti turbarli oltremodo.

Il problema è questo: ci sono donne, e non voglio fare nomi, che a volte fanno sesso con un uomo solo perché dire di no sembra quasi scortese. Perché i maschi ci provano fino alla morte attraversando delle fasi che potrebbero essere così riassunte: invito, simpatia, un pasto (a scelta fra pranzo, aperitivo e cena), letto, se non ci vai a letto c'è la fase dell'insulto e poi la sparizione (quest'ultima in entrambi i casi). Il solo fatto che io stia parlando così apertamente dei miei flirt significa mettermi già nella posizione di essere giudicata. Eppure non sono così tanti come sembrano, credo siano stati quelli giusti per arrivare all'uomo giusto e soprattutto penso che sia molto complicato oggi trovare un uomo con delle buone intenzioni. Per conoscere un ragazzo, o quanto meno per fartene una prima idea, penso si debba partire da un territorio neutrale che non collochi i due personaggi in nessun ruolo di tipo: lupo/cappuccetto.

È da un po' che insisto per pagare alla romana quando ricevo un invito fuori anche per questo. C'era un tizietto conosciuto in treno, venticinque anni, bello de zia, un sorriso un po' disordinato ma comunque simpatico e con la divisa mimetica, gli anfibi e gli occhiali scuri. Alto, carino insomma. La verità è che io non ho il vezzo del toy boy, non mi viene proprio anche se le mie amiche insistono tanto nel dire che sarebbe un'esperienza da provare.

Ad ogni modo io e Skipper (sì perché la sensazione è questa, l'amica carina e inutile di Barbie, però maschio) messi su due sedili uno di fronte l'altro durante un viaggio Reggio-Roma, facciamo comunella contro quello che era un vero e proprio sogno erotico seduto accanto a me ma simpatico come un sabato pomeriggio con la febbre a quaranta e la tonsillite in estate.

Quando avevo visto arrivare quell'altro, Mister Muscolo, per poco non ci rimanevo tanto era bello e affascinante. Mi aveva detto che ero seduta al suo posto ed io avevo cinguettato e con le alucce da passerotta mi ero messa sul sedile accanto sperando di fargli comunque vento con le ciglia. E invece lo stronzo si era accomodato, aveva tirato fuori un lettore dvd e non mi avrebbe rivolto più neanche un respiro finché non è sceso dal treno. Capito questo, con il soldatino di fronte avevamo iniziato a prenderlo in giro scambiandoci sguardi divertiti e facendo delle smorfie verso il tizio così concentrato ad ignorarci che, per l'appunto, neanche se ne accorgeva.

Con l'inutile Skipper lo avevamo addirittura salutato mostrandogli il dito ma non aveva visto neanche quello perché per lui proprio non esistevamo. Comunque io e il mio amichetto avevamo fatto un viaggio piacevole durante il quale avevamo parlato anche di rapporti fra uomini e donne, gli avevo parlato del mio amore di quel momento che sinceramente oggi non ricordo e lui mi aveva detto di avere una mezza storia con una ma niente di serio. Mi aveva fatto un po' di complimenti che avevo stroncato spiegandogli che non bacerei un mio coetaneo, figurati un pupetto.

Arrivati a destinazione lui mi aveva salutato in maniera frettolosa, assolutamente incoerente con l'atteggiamento tenuto fino a poco prima e dopo tre metri gli era saltata al collo una bona pazzesca con la carnagione scura i capelli ricci e due cosce lunghe come me in piedi e con le braccia tese verso l'alto. Due settimane dopo, Skipper mi chiede l'amicizia su Facebook, dopo un'altra settimana mi chiede di andare a cena insieme. Mmh… "no, ci prendiamo un aperitivo al volo quando esco dal lavoro se mi raggiungi in ufficio" e lui dice che va bene.

Già sapevo di aver sbagliato. E infatti va bene tutto, ma tu non ti puoi presentare ad un appuntamento con: pantaloni attillati ben sopra la caviglia color dissenteria di gatto anemico, mocassini ovviamente senza calze e maglietta Chanel tarocca! Tarocca, capisci! Ma chi pensavi di ingannare? Chi? E poi i mocassini… e su! Va be', è giovane, è a Roma da poco, non conosce nessuno, magari gli presento qualche amichetta, andiamo a prenderci 'sto aperitivo e che sia il più veloce della storia!

Immediatamente mi dice che ha già abbastanza fame e mi dirotta in una catena che fa panini.

Mentre mangiamo il panino mi parla di me come se non fossi presente dicendo di aver conosciuto ultimamente una bella donna che gli porta via tutti i pensieri. A quel punto capisco che non è aria ed inizio a fissare così tanto il mio telefono implorando che squilli che forse sarebbe stato più facile che esplodesse.

Dico di avere una relazione di lavoro da ultimare e gli dico che devo andare. Insiste per offrire ma combatto per pagare la mia parte. Uno scherzetto da quindici euro per un panino. Mi dice che vuole qualcosa di dolce e lo accompagno a prendere un Sunday da Mc Donald's e per poco non gli chiedo se vuol fare un giro sugli scivoli mentre io ordino.

Ci sediamo fuori a mangiare il gelatino ma i miei argomenti erano finiti almeno quaranta minuti prima. Non sapevo quando sarebbe arrivato il momento in cui avrei dovuto schivare l'attacco ma sapevo che era imminente. Avendo il vizio di toccarmi sempre le labbra lo avevo appena fatto quando Skipper con la maglietta tarocca mi dice le parole che nessuna donna si è mai più sentita dire dai tempi di Jerry Calà in Sapore di sale "in effetti sei sporca, qui, guarda..." e si avvicina per baciarmi. Con gli occhi chiusi!

1) Non ti permettere mai più di dire una frase del genere.

2) Non ti permettere mai più a tentare di baciarmi dopo che ti ho detto in ogni lingua che mi fai schifo.

3) Chanel! Capisci? C H A N E L.

4) Vai a casa e mettiti un paio di scarpe che prevedano l'utilizzo di calzini e che l'angelo del buongusto abbia pietà della tua anima cieca!

Il giorno dopo ero in pezzi per questo moccioso che

ci aveva provato con me nonostante lo avessi scoraggiato in tutti i modi e avevo vuotato il sacco con il mio collega Giuseppe detto Giup durante il nostro caffè delle 9.20 . "Se tu accetti un invito a uscire, quello è chiaro che ci prova".

A me non sembrava per niente così chiaro ma a quanto pare per gli uomini è così un po' come a dire chi "inizia bene è a metà dell'opera" oppure "donna avvisata mezza salvata! o altri proverbi che abbiano a che vedere con la metà delle cose. Ed ecco che pagando la metà di quel conto pensi di aver pagato anche il tuo debito ma invece niente.

Accettare un invito di qualsiasi tipo significa mettere su quello stesso conto la quasi certezza che qualche idiota ti si avvicinerà con le labbra pronunciate e con gli occhi chiusi.

Giup è preso d'assalto perché è l'unico uomo gay tra i cinque che lavorano nello stesso ufficio ma è uno schifo a dare consigli, parla con la solita flemma partenopea e non è per niente scafato. *È nu brav' guaglion* ma se vuoi una dritta come si deve è da uno stronzo che devi andare e modestamente tra i miei amici dove pesco, pesco bene.

Come Vittorio, il mio straordinario amico bassista. Io e Vitto siamo amici da quando mi sono trasferita, amici e basta, neanche un bacetto sulle labbra nonostante spesso ci sia capitato di condividere anche il letto. Non è mica brutto e non ha neanche mai nascosto una profonda dedizione per il mio lato b ma questo non lo ha mai fatto sentire autorizzato a chiudere gli occhi e mostrarmi le labbra chiuse a puntino.

Dicasi lo stesso di Maurizio, amici da sempre, serate infinite sul suo letto ad ascoltare musica cantautoriale e fumare la qualsiasi e mai un bacetto. Sono al sicuro con loro e sono certa che molta di questa tranquillità la si deve all'esperienza e quindi all'età, per questo non mi piace avere a che fare con quelli più piccoli. Il problema dei ragazzini si era già presentato poco prima dell'estate e questo accade quando le amiche ci mettono lo zampino.

Ognuno ha le sue teorie e devo dire che seguendo le mie su l'argomento "mai con uno anche solo di un anno più giovane di te" mi ero sempre trovata al riparo da tipi come quello che dalla sera stessa del nostro primo (e ultimo) incontro avrei soprannominato "cazzettino-toc-toc". Lo avevo conosciuto un venerdì sera in cui i ragazzi avevano organizzato una serata molto carina su Lungotevere. Avevano preso uno spazio e lì mettevano musica fino a tardi nei pressi del palazzaccio, Piazza Cavour. Ero arrivata insieme a Cecilia e dopo tre minuti avevamo bevuto altrettanti shottini di non si sa cosa ed avevamo in mano una birra a testa.

L'unico modo per smaltire quello schifo era dunque ballare finché avrei potuto ma era una chiamata alla quale mi andava di rispondere visto che si era chiuso proprio quella sera l'ennesimo episodio con l'uomo in giacca e cravatta ma con l'aurea di un avanzo di galera. Cazzettino-toc-toc era lì con un amico di Cecilia, ballavamo tutti tranne lui, alto, biondo, occhi celesti, boccuccia da puttino (ahahah boccuccia da puttino non si può sentire ma è la descrizione precisa…).

Avevo chiesto a un nostro comune amico perché il putto fosse lì fermo come uno stoccafisso e mi aveva detto che era un ballerino e che aveva avuto un infortunio. "Povero" mi ero detta e avevo cominciato a sorridergli maternamente e convincendomi fosse gay.

La serata era andata avanti ed eravamo riusciti a coinvolgerlo in una partita al biliardino praticamente in mezzo alla pista da ballo e dove si era dimostrato un ottimo compagno di squadra. Non parlavamo un granché ma a ogni goal ci davamo il cinque e lui sorrideva gaio.

Quella sera eravamo proprio in tanti e ci divertivamo parecchio, posavamo per le foto in cui saremmo stati taggati da lì a poco e brindavamo alla qualsiasi. Arrivato il momento di andar via avevamo una fame chimica e inaudita e qualcuno aveva tirato fuori l'idea di una colazione dar sorchettaro vicino a stazione Termini.

Le sorchette sono delle "cose" buonissime con sopra panna montata o cioccolato o altro, c'è una base dolce come una specie di cornetto piatto di forma tondeggiante e sopra questo spruzzo verticale di crema nera o bianca.

A Roma *sorca* vuol dire gran bella donna o, più seccamente, organo genitale femminile. Il ballerino viene in macchina con me lasciando la sua Smart all'amico che portava con sé Cecilia ed io, materna come nessuna, ero convinta non fosse in grado di guidare perché aveva bevuto troppo. Come almeno una volta al giorno c'era un incidente sulla strada del muro torto e questo aveva deviato tutto il traffico notturno attraverso Villa Borghese. A quel punto non fare conversazione diventa impossibile e così, vista l'ora e considerato che la lucidità che mi restava la usavo per non tamponare le altre macchine, ho scelto un argomento semplice: la danza. «Sono un'ex ballerina sai? Condividiamo una passione... cosa ti sei fatto? Tendini? Ginocchia?»

«In realtà io non sono un ballerino. Sono un economo, lavoro per una banca privata, sono pieno di acido lattico perché mi dedico molto a questi» e si alza la maglietta mostrandomi degli addominali che sarebbero serviti alle massaie per strofinarci sopra il bucato. Mi apre un sorriso enorme e perfetto ed io non riesco a mascherare lo stupore.

Spalanco la bocca e non faccio che fissargli l'addome,

poi il sorriso, poi l'addome, poi il sorriso… come in una velocissima partita di tennis. Nessun argomento da scambiare, il cervello mi segna una linea piatta di morte e allora, come a scuola quando il professore deve interrogare, cerco la mia borsa per poterci frugare dentro in cerca del nulla. Per far questo devo trovare la mia borsa sul sedile posteriore e mi sporgo dalla mia postazione di guida dopo aver tirato il freno a mano visto che eravamo immobili da minuti e minuti. Per lui è come un invito a seguirmi nell'altra stanza, la sua testa viene con la mia tra i due sedili e mi bacia.

«No…questo è troppo anche per me…» gli dico con il tono delle cantilene che si usano con i bambini e con i cani… ha la faccia da Pokemon e si ritira al suo posto con una velocità che quasi la cintura di sicurezza fa le scintille con gli addominali.

Raggiunti gli altri, tutti ci guardavano come si guardano due che hanno qualcosa da nascondere. E poi l'ha fatto: è entrato dal sorchettaro uscendo con una sorca in mano per me. Sono io che compro i dolcetti ai miei nipoti da secoli, non viceversa!

Nei giorni a seguire il ballerino mi contatta su Facebook (ma va!) e così iniziamo a scambiarci delle email in cui insisteva per rivederci.

Un mese di perseveranze più tardi, dopo una cena con un'amica mi arriva una sua telefonata. Mi dice che mi avrebbe raggiunta a Piazza Mazzini visto che eravamo entrambi di strada per il bicchiere della staffa. Oooocchei… arriva puntuale e mi abbraccia appena scesa dalla macchina. Mi dice che sono una gnocca e che non gli va niente da bere, mi chiede se voglio fare quattro chiacchiere seduta su una panchina dentro la piazzetta/rotonda.

Piazza Mazzini di giorno è punto di snodo per artisti,

avvocati, televisivi, discografici e quant'altro ma la piazzetta al centro della rotonda fa schifo. C'è una fontana e le macchine tutt'intorno a qualsiasi ora. Faccio per sedermi ma lui muscoloso e più alto di me di almeno venti centimetri mi solleva e mi fa sedere in braccio con entrambe le gambe da un solo lato.

A quel punto, sperando che nessuno mai al mondo mi chieda perché, inizio a ricambiare i suoi baci. O almeno ci provo, nel senso che mi dava 'sti bacetti che non si capivano: occhi chiusi (e ci può stare) ma uno schiocchetto che dopo la terza volta picchiava dritto sul sistema nervoso: mbciù. Mbciù. Mbciù! Bocca chiusa e mbciù! Cos'era? Romanticismo? Inesperienza? Una maledizione? Una candid camera? Il tentativo di prenderla con filosofia funzionava ed io cominciavo a pensare ai cavoli miei quando a un tratto sento una cosa sotto la coscia: toc, toc! Penso a una di quelle situazioni tipo quando ti sbatte l'occhio, solo che era al centro del sotto la coscia.

Toc toc... aridanghete... mi viene un dubbio che scaccio via come una zanzara. Mi sollevo, mi sistemo la gonna che si era alzata troppo, mi siedo con entrambe le gambe dall'altro lato e di nuovo: toc toc... stavolta un po' più su rispetto a prima.

Lo guardo, finalmente ha aperto gli occhi e se ne esce con l'exploit: toc toc sotto, a ritmo sopracciglia che si sollevano due volte. La sensazione era quella di uno che ti tocca col dito sulla spalla che ti chiama per farti girare.

Lui lo faceva con il pisello (pisellino?) e ne andava più che fiero. Rimango lì a fissarlo e quello bussa ancora. «ma sei tu?» gli dico immaginando che capisca che non desidero alcuna risposta.

«No, è lui che ti chiama».

Adesso, nel bel mezzo di Roma, lontani da casa mia (nella quale non metterai piede mai e poi mai) lontani da casa tua (e non escludo che abiti ancora con i tuoi) con un gruppo di ragazzetti accanto che fumano spinelli e ridono (probabilmente di una trentaduenne in braccio a un moccioso che bussa col cazzetto sulla sua coscia) cosa vuoi che succeda?

«Domani mi alzo prestissimo tesoro» e lui «lui si è già alzato».

Ne ho abbastanza. Se mi avessero rincorso delle tigri avrei impiegato meno tempo a trovare una scusa per tornare in macchina e dileguarmi nella notte. La sua promessa prima di salutarmi accompagnandomi mano nella mano (ancora un ultimo sforzo per salvare la faccia...) è stata: ti chiamo domani.

Chissà se ha letto nei miei occhi la verità: colcazzochetirispondobelloedorachemidisintegrodaquivadoalitigareconlemieamichepedofilechemihaanoincoraggiatainquestosuicidiodellanima. Mentre mi limitavo a sorridergli e rispondere: buonanotte.

Questi piccoli episodi che sembrano più innocui di quanto non siano, nel profondo contribuiscono ad alimentare quello sconforto che assale in alcuni momenti le donne single della mia età.

Siamo noi stesse a cacciarci in queste situazioni ma è anche vero che il più delle volte lo si fa per motivi nobili come anche solo la volontà di conoscere qualcuno.

Ritrovarsi poi nella situazione in cui un uomo, in questi casi un ragazzino, ti crea l'imbarazzo di doverlo rifiutare non sono certa dipenda da noi.

Sono sicura di non aver incoraggiato in alcun modo Skypper e Cazzettinotoctoc ma loro ci provano comunque perché il loro testosterone suggerisce "tentar non nuoce" e i miei modi affabili vengono fraintesi l'80% delle volte.

Finché qualcuno non ti interessa l'unico problema

è come respingerlo (ed anche questo è fastidioso), ma quanto diventa più complicato quando una persona ti interessa davvero.

Il mio rapporto con te conserva ancora la purezza di cui sento la mancanza. Mi hai regalato due canzoni bellissime ieri notte ed io mi sono commossa. Eri in un internet point e poco c'è mancato che facessimo l'amore anche da lì. Solo io e te sappiamo che è tutto vero.

Non conoscevo *Mysteries* di Beth Gibbons e tu me l'hai regalata in versione live. È stato come tenerti la mano e la sto ascoltando anche adesso. L'ascolto spessissimo in realtà perché a un certo punto dice *"I'll be there anytime"* ed io mi sento al sicuro.

Ti avevo chiesto se ti capitava di pensarmi e tu non hai risposto per un minuto sembrato l'era glaciale. Finché mi hai linkato il brano e mi hai scritto "Claro que si, sono qui da solo e ti penso"

Dunque anche ora che sei lì in posti meravigliosi e solitari, oggi che mi hai raccontato di aver pedalato per chilometri e di esserti fermato e che sentivi solo il battito del cuore ed io mi sono chiesta come avessi fatto a non sentirne due ma non volevo esagerare anche se era esattamente ciò che pensavo.

Mi scrivevi dall'altra parte dal mondo, tu di giorno ed io di notte, lì dietro un computer e ti sei fatto dare le cuffie per ascoltare le mie canzoni per te e poi le tue per me. Sei impazzito per *Lover man* di Billie Holiday, non hai commentato *The weight of my words* dei Kings of convenience e non hai ascoltato *Con toda Palabr*a di Lhasa de Sela perché sei andato in esplorazione alla Valle della Luna, uno dei sette posti più belli al mondo, così si dice.

Ed io che combatto ogni giorno con quegli stronzi dei miei colleghi sono felice per te che sei felice. Questa cosa dell'altruismo è nuova per me in effetti. Che bel regalino mi hai fatto, stavo tanto bene nel mio cinismo.

La mattina dopo il nostro incontro virtuale però lo stato di grazia è durato un niente. Ho ricevuto una telefonata che ha avuto l'effetto di uno che ti corre incontro, ti mette in mano una bomba e mentre scappa via ti dice che hai dieci secondi per disfartene.

"Ciao Bea, sabato è il compleanno di mio fratello Lollo, lo festeggiamo in studio da me. Vieni con chi vuoi. Ciao". Ha detto Massimo prima di attaccarmi praticamente il telefono in faccia senza concedere troppe repliche.

Qual è il problema? Massimo e Lorenzo sono i migliori amici del mio uomo in giacca e cravatta ma con l'aurea di un avanzo di galera che mi ha piantata al telefono qualche mese fa dicendo di non amarmi e, ancora peggio, di averci provato e di non esserci mai riuscito ma, soprattutto, è lui il motivo per cui quando la prima volta tu sei venuto a Roma io non ho accettato il tuo invito ad uscire insieme per conoscerci e già questo sembra un buon motivo per odiarlo in eterno.

Come potrei rinunciare a vendicarmi?

Piano A) vado alla festa vestita come una star con una mia amica e lo ignoro (età dimostrata con questo atteggiamento: 15 anni).

Piano B) Vado alla festa con un mio amico che finge

di essere il mio uomo in adorazione e che mi sbaciucchia tutta la sera (dignità – 20).

Piano B.1) L'amico che posso portare è un attore.

Piano B.2) L'altro amico è un rockettaro affascinante pieno di tatuaggi e disposto anche a truccarsi gli occhi come fa sempre.

Piano C) Non vado alla festa, forse non ti piacerebbe. Anche se ho tutta la vita per compiacerti e ora ho una sete di vendetta che parla con gli angeli.

La mia inquilina che fa l'ingegnere dice che secondo lei dovrei scegliere C perché di sicuro lo vedo con un'altra più bella di me e poi ricomincio a starci male. Ma io, forte del mio amore per te, sento di poter affrontare quello stronzo sbattendogli in faccia tutta la mia felicità, il mio essere amata e la mia ritrovata bellezza. I giorni che mi dividevano da quel maledetto sabato avevano reso il mio telefono incandescente, senza le mie amiche non sarei nulla o forse sarei felicemente sposata. La povera Cecilia si presta alla causa e decidiamo che solo la sera stessa, il fato deciderà per noi quale compagno ci farà da spalla, se ce ne sarà uno e, soprattutto, se andremo o meno alla festa.

È stata Alex a tirarmi fuori dall'empasse. Lei, il suo modo stoico di affrontare gli ostacoli della vita quando la vita in gioco non è la sua, una di quelle che ha in mano la pillola rossa e la pillola blu e basta guardarla negli occhi per vedere verso quale pillola guarda lei ed è quella che devi scegliere.

Con una decisiva skyppata in cui mi ha fatto sentire un'adolescente fallita anche solo per aver immaginato di prestarmi a quel suicidio sociale in cui, con tutta probabilità, ero attirata anche con l'inganno. "Vieni con noi, beviamo qualcosa al locale e poi facciamo un giro." E quando lo dico a Cecilia, tanto per cambiare, apre il suo sorrisone incorniciato da boccoli e mi dice "Certo". Quello che non ho il coraggio di ammettere ad alta voce è che so benissimo che al Locale ci sarà anche Cribbio. E infatti lo vedo anche prima degli altri perché svetta da quel metro in più sulla testa dei passanti di Trastevere. Nel locale ci sono anche Stef con Marco e Annachiara. Lei parla con me, io la guardo molto affascinata mentre gli altri due quasi litigano. Annachiara fa l'attrice, è veramente bellissima, lavora ancora poco ma promette bene, la trovo estremamente convincente quando la vedo in alcune piccole parti nelle fiction televisive e mi piace il fatto che nonostante le sue curve e il suo aspetto molto provocante, non abbia mai ceduto a compromessi.

Da quanto ne so, un regista maestro del porno italiano le ha offerto un ruolo da protagonista ma lei niente, anche perché, come tutte le donne intelligenti, s'innamora e va a letto solo con uomini fallimentari e senza un centesimo. Lì al banco sono a mio agio e contenta della mia scelta.

Dopo il primo bicchiere di prosecco sono già più allegra, il secondo mi coglie alla sprovvista, lo shottino di vodka è letale e mi fa venir voglia di fumare una sigaretta di tabacco. Ci sono anche i lecca lecca che adoro e ne tengo in bocca uno alla fragola per il resto della serata. C'è un inglese ubriaco che mi da fastidio, c'è musica perfetta, ci sono le risate coi ragazzi e i progetti di continuare la serata a Testaccio. E c'è Cribbio che si è appartato fuori a parlare con Cecilia.

Meglio così, mi sento scampata a una tempesta ormonale. Ma la serata continua e Cecilia deve andar via prima perché l'indomani parte presto. Ma sì, dicono gli altri, andiamo a ballare a Testaccio. Altro shot per festeggiare la nostra decisione, traballo.

Il proprietario del locale di Testaccio conosce Stef e anche noi altri. E lì bevo il mio ultimo shot offerto dalla casa. La musica che il deejay sceglie è perfetta e noi balliamo sorridenti. E poi quel che ricordo sono i baci di Cribbio sul collo davanti a uno specchio ed io che lo imploro di smettere ma sembro una gatta con la coda alzata. Mi ruba il lecca lecca (il terzo) dalla bocca lo mette nella sua e poi me lo restituisce: mi sento come fossi sottacqua. Quando gli chiedo di accompagnarmi alla macchina quasi si scorge l'alba, sono un'astronauta.

Ci fermiamo imbarazzati, uscire da quel locale sembrava averci purificati e l'aria frizzante era un bagno nell'acqua santa. Ma io lo volevo quel bacio, tantissimo, l'avevo voluto tutto la sera e due settimane prima al locale dei Drum'n'brave. E lui lo sapeva e me lo ha servito con tanto di mano enorme a cornice del mio viso con dita tra i capelli.

L'ho baciato, mi è piaciuto. Gli ho detto che non potevo e che non avevo niente per lui. Gli ho detto che l'indomani non avrebbe avuto senso questa cosa e che non ci avrebbe più pensato. Una volta a casa ho ricevuto il suo sms, e poi tanti a seguire, tutti i giorni da allora e di giorni ne sono passati sette. Io resisto. Per quanto, se continua così?

Tu ci sei, quasi quotidianamente ormai. Di notte abbiamo chattato ancora un paio di volte e mi scrivi anche dei messaggini sul telefono. Mi chiami mi vida, mi chica hermosa, mi loquita, ma chère... ed io mi stringo con le mie stesse braccia e mi lascio pervadere da questa inspiegabile emozione e la ricambio rispondendoti e raccontandoti la tua Roma che in questi giorni sta facendo un po' la stupida. L'aria è a dir poco perfetta e mi dà molta energia.

Le lezioni di danza, poi, mi riempiono di adrenalina. Il mio corpo ne trae i primi benefici e il gruppo mi piace. I miei due insegnanti sono fenomenali e ci insegnano a essere più sexy possibile. L'altra sera ho dato il meglio di me in una coreografia da *belly dancer*, mi stava addosso come un Armani. In questi giorni sento la mia sensualità come si sente la fame, il sonno, la sete. Molto alimentata, devo ammettere, dalla corte galante e la voce sensuale di Cribbio.

Ho fatto un casino, e ci sono dentro con tutte le scarpe. E non so come uscirne. Dopo quel bacio, ho cenato con lui. Mi chiama amore, non sa quel che fa. Doveva essere un aperitivo in realtà ma ha fatto tardi a lavoro e così è arrivato da me solo alle ventuno.

Abbiamo mangiato in un ristorantino vicino casa mia, abbiamo riso moltissimo e ci siamo baciati ancora. Mi chiede di smetterla con questa farsa, mi fa domande su di Serpe chiamandolo "Argentina".

Mi chiedo se insista tanto perché gli piaccio davvero, mi rispondo di no, certo che no. È il solito accanimento il suo, quello di chi sa di non poter ottenere ciò che vuole in quel momento ma gli passerà, questo continuo a ripetergli. Ma lui non ci sente e mentre io parlo, lui mi guarda come se stessimo già facendo sesso. Mi dice che son bella, anche quando non c'entra niente e questo mi spiazza ogni volta.

Finita la cena decidiamo di fare due passi, lui è a pezzi, ha dormito tre ore e lavorato tutto il giorno ed ora deve anche far pipì. Vive sulla Cassia, quelli che vivono a Roma nord odiano la mia zona che io invece adoro definendola la "Roma rock". Andare da una parte all'altra significa fare un vero viaggio. Non ce la fa a guidare, così dice. Mi chiede di dormire da me. Ed io gli dico di sì specificando che è esattamente ciò che ci limiteremo a fare: dormire, e di non mettersi strane idee in testa. Mentre Cribbio mi telefonava per dirmi che era sotto casa e mi aspettava, proprio mentre ci dicevamo questo, Serpe mi aveva mandato un messaggio che avevo sentito arrivare sotto la voce di Cribbio. Nel messaggio mi scriveva "buona serata signorina, ho ripreso la strada verso il nord e fra quattro ore sarò a tilcara! Hai trabajado mucho? Besitos a mi loquita." ed io volevo svanire. Invece sono scesa e ho raggiunto signor Peccato.

Una volta a casa siamo stati un po' in balcone, il tempo per una sua ultima sigaretta e un sorso di pessimo vino, ma non ero in vena di aprire una bottiglia.

La mattina dopo la sveglia era per entrambi alle 6.30. Mentre era in bagno ho tolto le foto di Serpe dalla stanza, non per nasconderle ma per un'assurda forma di rispetto, mi sono detta. Gli ho dato degli asciugamani puliti, uno spazzolino nuovo, una bottiglietta d'acqua da mettere sul suo comodino. Gli ho chiesto cosa usasse mangiare a colazione. Gli ho dato una maglietta con cui dormire. Poi mi sono struccata ma ero certa che il colpo gli sarebbe preso da lì a poco vedendomi senza tacchi.

Esce dal bagno ed entro io, mi lavo i denti, passo il filo interdentale, il collutorio e mi lavo il viso. Rientro nella stanza e lui è lì con la maglietta lasciatami da Vitto mesi prima. Seduto sul mio letto c'è un uomo di un metro e novanta, in maglietta e mutande, ed è inaspettatamente dolce.

Cribbio sembra essere sparito per lasciar posto a un tenerissimo Kung-fu Cribbio. Mi rendo conto che è un ragazzo. Non una merda, non un puttaniere, non un uomo. È un ragazzo un po' imbarazzato che sarà capace di tenermi abbracciata tutta la notte senza sfiorarmi con un dito. E così è stato, a parte alcuni momenti di quasi panico. Va bene tutto ma era così profumato, solido, calmo. Se solo lo avessi provocato un po' di più, sarebbe successa l'apoteosi. Ma lui ha capito. Ed è stato bello, improbabile ma molto bello. E mi è servito.

"Non sono pronta per nessuno che non sia tu Serpe. Al di là delle promesse, io ti voglio aspettare. Non posso farne a meno." Questo gli scrivo prima di addormentarmi.

Resta la curiosità di sapere che forma abbia Cribbio. Ho percepito molto ma se c'è una cosa che ho imparato è che non si può giudicare un pene senza averlo davvero testato. Non è difficile diventare grottesca facendo un discorso di questo tipo ma ultimamente mi sono imbattuta in alcune scene davvero surreali. In assoluto il palmarés è per Mr Pss. Sarebbe sconveniente far capire di chi si sta parlando dal momento che il soggetto in questione è sogno erotico di tante italiane con l'abitudine di seguire le varie fiction che tanto vanno di moda. Una storia che risale ormai a due anni fa.

Conosciuto come sempre per caso in rete per via di amici in comune, Mr Pss. aveva però commesso l'inconsapevole errore di andare a letto con due ragazze che conosco e che prima che lo incontrassi personalmente mi avevano raccontato deluse delle sue prestazioni e delle sue dimensioni.

Ora, devo dire che mi ritengo abbastanza fortunata di quanto mi è capitato in passato. Non mi sono mai ritrovata in una situazione in cui per vedere un pene avessi dovuto stringere gli occhi ecco. Nel caso di Mr. Pss. mi ero dunque detta "E che sarà mai!". Come detto, amici su Facebook da tempo e con un sacco di amiche in comune che lavorano come lui nel campo televisivo, un giorno mi chiede di avere il numero di telefono e ce li scambiamo. Mi dice che sta traslocando e che la sua casa è completamente vuota tranne per un materasso su cui dorme, un tavolo con una sedia e il televisore con la pay per view. È lì che al suo invito a cena rispondo con la proposta di un sushi a domicilio. La cosa lo entusiasma e mi dice che lo avremo preso lì vicino e lo avremo mangiato a casa. Quando arrivo a casa sua non posso che farmi i complimenti, non solo perché il mio abbigliamento era perfetto (finto casual, très chic) ma perché lui era un bono inaudito! Stava dipingendo le pareti di una stanza che pochi giorni dopo sarebbe diventata una seconda camera da letto, aveva una magliettaccia molto sexy e degli schizzetti di vernice anche sulle braccia e sul viso che gli avrei volentieri leccato via senza lasciar traccia.

«Faccio una doccia e usciamo.»

«Certo», gli rispondo. Mentre sento il rumore dell'acqua gironzolo tra le stanza vuote e i miei tacchi rimbombano. Mi affaccio dalla finestra e fuori c'è una luna pazzesca. Mi dico che ho fatto proprio bene a non dar retta a quelle arpie che me lo screditavano, di sicuro lo facevano per invidia perché ora era il mio turno. E se si fosse innamorato di me? E se ci avesse beccato un paparazzo fuori? Mentre pensavo molte di queste cose, e anche più futili di queste, la sua voce entra di velluto nel mio orecchio facendomi trasalire: «Mi vesto» e girandomi lo trovo a un centimetro da me con i capelli bagnati e l'asciugamano in vita. Ho resistito alla voglia incredibile di baciarlo solo perché sapevo che se avessimo iniziato non avrei mai mangiato nulla e invece morivo di fame. Resto nella stanza mentre lui si veste a meno di due metri da me ed è solo perché non volto lo sguardo che non lo vedo nudo, un po' per l'imbarazzo e un po' per il terrore dell'anatema di quelle due arpie.

Era tutto così perfetto, perché bruciare le tappe? A quel punto usciamo. Mi apre il portone e mi prende per mano. Camminiamo per Via Ettore Rolli come due piccioncini, mi piace, mi fa ridere moltissimo. In fila al banco, sono certa che sembrassimo una di quelle coppie che invidio sempre, felici sorridenti e innamorate. Ci guardavano tutti, forse perché riconoscevano lui.

Prendiamo la nostra cena ipocalorica e torniamo a casa. La consumiamo a terra su un telo che aveva steso, fuori e dentro casa era caldissimo, piena estate, senza tregua, mangiare sul pavimento con un ventilatore puntato era necessario e piacevole. Chiacchieriamo anche mentre lui mi si avvicina, sempre più, fino a raggiungermi il collo. Scambio perfetto di baci e di gelato ormai quasi sciolto, braccia strette e un po' strattonate in quel gioco che piace tanto di quasi lotta. Io sento crescere l'ansia.

La mia paura di restar delusa è talmente forte che provo a spiegargli che non faremo sesso quella sera lì. Ma era come parlare con un muro. A un certo punto mi dice «So che anche tu hai bisogno d'amore stanotte» e qualcosa comincia ad andare storto. Il suo tono di voce innanzi tutto. Diventa cavernoso e altisonante, perde ogni naturalezza al punto che mi si aggrottano le sopracciglia e cerco di capire se fosse un effetto eco nella casa vuota. E invece no. Era lui che aveva iniziato a recitare la sua parte.

«Scambiamoci affetto, anche io mi sento SOOOLOOO!» Ommammamiasantissima… e da qui come cazzo ne esco adesso?

Di punto in bianco mi ritrovo contro il muro di schiena a lui che finalmente sta zitto per mezzo minuto e si comincia a strusciare. Avevo attivato tutti i sensori perché improvvisamente credevo all'anatema delle due arpie che mi avevano avvertita. Mi sposto col bacino verso destra… niente… sinistra… nada…

Mi gira di scatto e mi tiene le spalle contro il muro con le mani. Mi guarda negli occhi come se stesse per dirmi una cosa importantissima. «Guardami!» e con un unico gesto magico i suoi pantaloni gli cadono alle caviglie. Non ho il coraggio, continuo a guardarlo negli occhi. «Guardami!», facendomi intendere che dovevo guardare verso il basso (perché non esiste il teletrasporto?) «GUARDAMI!» abbasso lo sguardo, non avevo altra scelta. Mi è passata davanti agli occhi la scena dei film western, quella tipica, quella delle balle di fieno che rotolano nel deserto. Devo dire che era buio e che ho tenuto lo sguardo in basso per talmente poco che a prima impressione non sembrava solo un problema di grandezza... era proprio in coma. Riguardo lui immediatamente e dico la cosa più ipocrita della mia vita «È... è... perfetto!», «NNNOOO, non è perfetto" urla lui con voce di De Sica padre, «Cioè, no, vabbè, è perfetto per me!» Devo far qualcosa. Così mentre lo ribacio e approfitto delle sue caviglie incatenate dai pantaloni, lo faccio girare su se stesso come un pinguino e mi levo dalla posizione spalle al muro. Lui si tocca energicamente nel tentativo di rianimarlo e quello che mi preoccupa è che mentre il suo pisello non rispondeva ad alcun input, lui sembrava completamente fuori di sé.

A quel punto provo quasi tenerezza, lo so, è orribile a dirsi ma è proprio così. Mi siedo sul letto e lo faccio mettere accanto a me, gli accarezzo i capelli, lo calmo, gli dico che è solo che per me è troppo presto al primo appuntamento, lui dice di capire e mi chiede di restare a dormire. Ancora una volta è la scusa del lavoro a salvarmi e gli dico che sto per andare. Lui mi chiede ancora un attimo. «Ma certo»

«Posso farti una domanda»

«Ma certo»

«Mi faresti la pipì addosso per favore?» Questo quelle due stronze non me l'avevano detto.

«Credo di no, sai?»

«Poca»

«No tesoro, davvero, non ho pipì da fare» Avrei voluto un salvavita Beghelli al collo. Immagino la chiamata a casa di mia madre: "Pronto? Signora, un uomo vuole che sua figlia gli faccia la pipì addosso". Dopo altri dieci infernali minuti si riveste e mi accompagna alla macchina. Di nuovo mano nella mano e bacio di congedo. Eterno congedo. L'indomani mentre ero a lavoro, assonnata e indaffarata, mi arriva un mms, lo apro e aguzzo la vista. Era la foto del suo "coso".

Ho ributtato il cellulare in borsa e mi sono sforzata di pensare che non fosse reale. Appena finito mi metto in macchina e raggiungo Kasia a casa e ci mettiamo a studiare la foto come su un set di CSI. Ingrandiamo, spostiamo, zoomiamo e arriviamo alla conclusione. Aveva scattato la foto tenendo il suo coso dalla base con pollice e indice, strozzandolo per farlo sembrare più grosso, sostenendolo con due dita per farlo sembrare dritto e con le altre dita poggiate sul ventre che tradivano la lunghezza del tutto.

Da una prima stima abbiamo dedotto che si trattasse di un pene di 8 cm circa e del tutto inanimato.

Ma la pipì? Se tu mi chiedi una cosa del genere al nostro primo appuntamento cosa faresti se iniziassimo a frequentarci davvero, che so, dopo due settimane? Il mio balcone affaccia su un cinema multisala da cui la sera escono decine di persone molte delle quali si tengono mano nella mano. Mi sembra fantascienza. Come si fa a stare con una persona, condividere progetti? Come si fa ad andare al cinema, a cena, poi rivedersi il giorno dopo e andare al mare durante i weekend? Come fanno le donne a rimanere incinte se è così difficile per me anche non fare la pipì addosso da uno con cui esco una sera? Le donne che escono dal cinema hanno fatto pipì sugli uomini che ora tengono per mano? Perché ogni volta che esco con un ragazzo devo chiedermi dove sia il guasto?

Il tuo viaggio da domani prosegue verso la Bolivia. Il primo marito di tua madre, padre di uno dei tuoi fratelli, è boliviano e sento che in qualche modo il tuo viaggio c'entra anche con questo. Non ho capito molto della tua famiglia a dire il vero, so che è numerosa e un po' sparpagliata: tuo padre ha avuto altri figli, tua madre ha avuto altri figli e poi insieme ne hanno creati altri tre tra cui tu. Non ho voluto fare domande oltre le cose che ti andava di raccontarmi. Credo tu neghi anche a te stesso il disagio di non aver avuto dei riferimenti stabili ed io faccio parte di una famiglia così tradizionale che potrebbero girarci il sequel di Happy Days.

E mentre risali l'America latina, il mio viaggio alla ricerca di una "me" migliore continua in questa Roma piena di tentazioni. I tuoi messaggi mi descrivono momenti accaduti mentre qui è notte e caos. Mi hai raccontato dei viaggiatori solitari dell'ostello Muy buena onda! hai scritto, che significa una specie di "so cool!" o "che figata!" e di un paio di ragazzi che ti hanno dato un passaggio fino a Cachi, paesino dove non arrivano gli autobus.

La strada per arrivarci attraversa un Canyon spettacolare, la Quebrada de las Conchas di cui ovviamente ho cercato le foto su internet e che mi ricorda le scenografie di cartone dei trenini elettrici. Mentre eravate in viaggio, uno di quei due ti aveva raccontato di avere un buco nel palato per via della cocaina, così ti sei cagato sotto e ti sei fatto lasciare prima del previsto dal momento che era lui che guidava stava su quella strada a senso unico sull'orlo di un precipizio.

Qualche giorno più tardi mi hai scritto un sms da Cafayate dove hai risalito un fiume alla ricerca di una cascata bellissima e mi hai raccomandato "fai la brava...." accendendo la mia coda di paglia come una torcia olimpica. Poi mi hai scritto da Tilcara, della provincia di Jujui, sempre nell'Argentina nord-occidentale, dove sei stato particolarmente felice. Me ne accorgo perché quando sei felice mi scrivi di più, anche due sms a sera, anzi, quando qui è sera. L'altro giorno su Facebook ho trovato questo:

"Ma chère, sono senza credito e non posso rispondersi ai messaggi! arrivato in un paesino delizioso con le case fatte con la terra, ai piedi di montagne rosse, gialle, nere e marroni...Uno spettacolo! E sono capitato in un ostello bellissimo, con gente simpaticissima, buena onda, come dicono qui... Mi sa che me ne sto un paio di giorni qui prima di riprendere il cammino verso la Bolivia, ormai vicinissima. Stasera grigliata e festa nell'ostello... tutte coppie, manchi solo tu!"

Come sia possibile che mi manchi una persona che non ho mai visto, con la quale non sono mai stata un solo minuto della mia vita in uno stesso spazio non lo so, ma accade ogni giorno. Che si tratti di magia o di rifiuto della realtà, metto in conto tutto, non sono mica pazza.

È probabile tu sia una mia proiezione dell'uomo perfetto che non esiste. Ti ho messo in una posizione nella quale non puoi sbagliare e quindi non puoi deludermi. Non posso pretendere nulla da te, posso solo ricevere quello che hai voglia di darmi. E se è dalla poesia di un rapporto epistolare d'altri tempi ciò di cui ho bisogno adesso, tu sei perfetto come io ti sento.

La difficoltà di trovare un ragazzo accomuna la maggior parte delle ragazze della mia età. Alcune fra queste passano con le mani alte in segno di resa dalla parte delle "accontentarsi per non rimanere da sole" e si fidanzano con trasportatori di semi fecondi, a prescindere dall'amore, dalla passione. Se mi costringessero con un mitra puntato alle gengive a decidere tra la morte e una vita senza l'amore per come lo concepisco io, direi: "Spara!" Avrò il mio Marziano, con la sua assurdità, lo metterò al centro della mia esistenza e faremo delle foto bellissime che i nostri figli mostreranno orgogliosi litigando sul chi somiglia di più a me o a lui. Non mi aspetto un uomo normale, non m'importa che sia benestante, vorrei solo che fosse felice e un po' matto.

La maggior parte delle mie amiche fa il tifo per te, per tutte sei "Anthony" di Candy Candy, mi chiedono se verrò a prenderti all'aeroporto e cosa succederà ed io non lo so. Devo solo arrivare a quel momento, pronta a tutto, anche al fatto che tu possa svanire nel nulla. E intanto provo i nostri nomi scritti vicini e stanno così bene.

Stamattina mi sono svegliata e c'era un tuo sms. Solo ieri mi avevi raccontato che avresti fatto ore di cammino per arrivare a una chiesetta in mezzo al nulla ed io ti avevo chiesto di pensare a me quando fossi arrivato ad accarezzarla. "Un pellegrinaggio lunghissimo per arrivare alla chiesa, accarezzarla e tornare giù 8 ore fra montagne ardenti, scortato da un esercito di cactus giganti! domani Bolivia y muchos besos a mi bailarina".

In un momento in cui in Italia non è difficilissimo trovare lavoro, ho avuto la fortuna di ritrovarmi ad avere un posto da precaria ma ben pagato. La mia vita lavorativa è sempre stata bizzarra, fin dai tempi in cui prendevo la licenza liceale lavoravo come acrobata alle feste per bambini (senza aver mai saputo fare la ruota). Per non pagare la palestra ho preso un diploma da istruttore e per avere il 20% di sconto e pagarmi l'università facevo la commessa in un negozio che vendeva scarpe di marca. È stata un'escalation di lavori improbabili, la ballerina, la blogger, la segretaria, sempre cose improvvisate che capitavano. Ed io le lasciavo capitare. A me bastava avere due soldi per far shopping e baldoria, e la mia filosofia era ancora più netta di oggi riguardo il fatto che ho bisogno di divertirmi, con qualsiasi mezzo.

Anche il mio attuale Capo l'ho conosciuto in un contesto bizzarro. Lavoravo come organizzatrice di eventi. Avevo organizzato un concerto di beneficienza in un locale a Testaccio che frequentavamo di continuo, una serata il cui scopo è finito nel limbo buio della dimenticanza insieme alla maggior parte degli accadimenti di quella sera, dal momento che ero completamente ubriaca. Ovviamente non avevo resistito alla tentazione di usare il microfono e così, a lingua sciolta, ne avevo sparate di tutte da quel palco. Il mio nome era sui volantini accanto alla scritta project manager ed è tramite quello che la segretaria di Capo mi aveva rintracciata per un colloquio. Uno scherzo? Lui era lì la sera del concerto di beneficienza e, così mi spiegava in politichese, aveva bisogno di una comunicatrice faccia da culo. Istintivamente mi sono toccata il viso con entrambe le mani quasi a riconoscermi nella sua frase bella diretta. Per rimanere in tema gli avevo chiesto iniziando a rispondergli se potevamo darci del "tu" e lui mi aveva risposto "Ovviamente no, Dottoressa.", "Ottimo, allora Capo, cosa fa una comunicatrice di un politico?", "Lei si occuperà, in qualità di mia assistente personale, della mia immagine pubblica, mi accompagnerà ai convegni per i quali mi procurerà il materiale di discussione, gestirà le comparse televisiva, gli appuntamenti con i giornalisti, si occuperà dei rapporti con i membri partito e mi schermerà dalle scocciature. Avrà un mensile netto di 2.500 euro al mese eblablabla bla bla bla bla_____" , e poi aveva parlato di chissà cos'altro mentre io già spendevo quei soldi nei locali con gli amici, organizzavo mentalmente weekend nelle capitali d'Europa e per fare shopping in tutta la città.

Non so se avesse finito di parlare quando dissi "Accetto" come il più bieco dei mercenari. Io che di politica non ho mai capito nulla, mi sono ritrovata a improvvisare, millantando esperienze mai fatte.

Fino ad oggi mi è andata anche bene, fatto salvo un paio di colleghi che in nome del nulla vorrebbero vedermi legata alle rotaie di stazione Termini nell'ora di punta adducendo la mia posizione al mio culetto fasciato in longuette e jeans così stretti da sembrare tatuati. Che squallido cliché, quel lavoro sembra fatto apposta per me: pagata per fare la stronza! Così, facendo questo, vado avanti da un paio d'anni. E per la prima volta senza troppi problemi per pagare affitto e benzina (e qualche altro benefit…).

Sai, da qualche mese cerco di rispar… risp… (che difficoltà) ri spar mi are, in previsione del mio trasferimento a Parigi o altrove quando mi chiederai di sposarci ed avere dei figli. Anche se spero tu possa ricordare quant'è bella Roma amore mio…

Ma quando mi scrivi che hai finito il credito, significa che senti qualcun altro? Mi pare ovvio, ma chi? È la prima volta che ho la possibilità di giocare con le mie angosce con la stessa diplomazia, e il tempo dilatato, di una partita a Risiko. La mia impulsività deve necessariamente fare i conti con il silenzio fra due continenti e due fusi orari e i tuoi viaggi nel deserto, quindi ho tutto il tempo quando mi fai innervosire di calmarmi e farmi trovare serena e sorridente al tuo contatto successivo.

In assoluto ciò che ha sempre rovinato le mie relazioni precedenti sono le ex. Non ho mai davvero capito se si tratta di una mia ennesima ossessione o di una vera e propria maledizione. Io sento di essere la "ex" perfetta. Finita una storia ho il buon gusto di dileguarmi e non interferire nelle nuove relazioni del mio ex compagno. E poi, quanto odio la parola compagno! Io sono rimasta fedele a cose tipo: il mio ragazzo, il mio fidanzato; compagno è come quando ti chiamano la prima volta "signora" alla cassa del supermercato perché significa che non sei più abbastanza giovane da avere un ragazzo!

Le ex sono un ostacolo tostissimo, la prima che mi viene in mente volgendo lo sguardo al mio passato è Mila, splendida ragazza russa mia collega nella compagnia di danza con la quale ho lavorato per due anni. Lei durante il secondo anno era diventata la ragazza del nostro musicista, perdutamente innamorato di me dall'anno precedente. Tra noi non c'era stato nulla anche perché lui era orribile, una maschera del Muppet Show per capirci, un occhio più grande dell'altro, cicatrici da forcipe o chissà che altro sparse sul viso brutto, già molto più grande di noi, un fisico tozzo e tutt'altro che slanciato. Un cesso, dai, Shrek. Però bravo, ottimo pianista, bella voce. Mi aveva fatto una corte spietata ma io ero troppo per lui, all'epoca avevo diciannove anni e un fisico di marmo, ero molto gettonata tra colleghi etero. Un fiorellino.

Quell'anno in particolare avevo ricambiato le attenzioni di Niki, meraviglioso danzatore milanese che ricambiava questa mia cotta in maniera travolgente. Il problema tra me e lui, e uno dei traumi più assurdi della mia vita, era stato l'approccio sessuale che definire fallimentare sarebbe un eufemismo.

Non si trattava di eiaculazione precoce, si parla proprio di: bacio e woooow! Lui si toccava i pantaloni come se gli avessi dato un calcio nei testicoli et voilà! All'inizio non capivo come potevo aver fatto, con la sola imposizione del pensiero, neanche delle mani!

Ipotesi ottimista: sono la donna più sexy del pianeta.

Ipotesi pessimista: qui il giovanotto ha un problema.

Ipotesi realista: il problema del giovanotto è veramente grosso. Mi aveva detto che nessuna mai gli aveva fatto questo effetto, mi ero sentita lusingata e il giorno dopo ci riproviamo dandoci appuntamento nel suo appartamento che aveva provveduto a disinfestare dagli amici.

Avevo ridotto al minimo ogni tipo di contatto fisico, avevo preparato un'improponibile cenetta di risotto con

Philadelphia che lui aveva assurdamente apprezzato moltissimo dicendomi che ero una donna da sposare. "Vado a lavar le mani" gli dico. Mi segue in bagno e mi spinge contro il lavandino, mi solleva, mi abbraccia, mi bacia, mi dà due colpi di bacino che mi fanno finire nel lavandino ed esulta. E non ho saltato alcun passaggio. Non ho dimenticato di dire "mi ha sbottonato... si è sbottonato". Niente.

Potrei continuare solo dicendo che mi ha fatto bagnare i pantaloni nel lavandino in cui mi sono ritrovata e mi ha fatto male alla schiena tanto da costringermi a non poter tenere la lezione di danza del giorno successivo.

Quello è stato il secondo e ultimo tentativo. Il romanticismo comunque non era mancato e così, l'ultima sera di Niki alla scuola, Shrek aveva preso a suonare Il cielo in una stanza e noi avevamo ballato sotto le stelle uno dei lenti più coinvolgenti di tutta la mia vita.

Nei giorni a seguire la partenza del bronzo dei Navigli, io ero sotto un treno. Non sarà stato un buon amante ma era così bello che ne andavo fiera come il cane Barbie del suo cane a pelo lunghissimo. Mi mandava sms e lettere ed io sospiravo con il mio pathos di sempre. Una sera il pianista, vedendomi particolarmente trista aveva preso a suonare "Smile" di Nat King Cole e a guardarmi. Ed io ci sono cascata come una polla. Credo che di esser diventata la sua amante quella sera stessa.

Abitavamo tutti nello stesso residence, andavamo a letto tardissimo per via delle prove e così lui passava le nottate a comprare dei dolci per me in una pasticceria aperta tutta la notte, portarmeli passando per i tetti e per il terrazzo, fare l'amore con me per almeno un'ora e poi andare alla paninoteca aperta pure quella, comprare due hamburger e portarli a Mila che lo aspettava sveglia. Io mi svegliavo tre ore dopo per fare le prove e lui invece dormiva fino alla una. Siamo andati avanti così per venti giorni finché è arrivato per me il momento di tornare a casa. Ovviamente mi ero perdutamente innamorata di Shrek che a sua volta, appena me ne sono andata aveva, senza interpellarmi, vuotato il sacco con Mila e con il resto della compagnia. Avevamo rotto un equilibrio famigliare meraviglioso, due schifi di persona, ecco cosa eravamo.

Non si parlava d'altro, venivo raggiunta da lettere di insulti di alcuni colleghi, altre di sostegno da altri. Mila mi ha insultato con lettere intrise di odio velenoso per mesi. *"Bruta puttana, comme fai a guardareti in facia allo specchio le mattina?"* era quanto di più soft le capitava di scrivermi. E un po' aveva ragione. Ma io l'amavo!

Per due mesi io e lui facevamo la spola tra la sua città e la mia, a un'ora di distanza, per poterci vedere e saziare questa passione indescrivibile.

A un certo punto lui mi annuncia che sarebbe dovuto partire per le Tre Cime di Lavaredo per due mesi per la stagione invernale da pianista. Il mio cuore si lesiona ma penso di potercela fare.

Come ogni volta che mi sento triste e ho voglia di autocommiserarmi, guardavo fuori dalla finestra della mia stanza per intere giornate e in testa (come sempre nel corso degli anni, anche oggi mi succede) avevo costantemente la musica di Pretty woman, il *theme piano* di quando lei dice a lui che dorme di amarlo. Rispondevo male a tutti, mangiavo poco e mi struggevo, perfettamente calata nella parte della Penelope inconsolabile.

Spendevo moltissimi soldi per ricaricare il cellulare e farmi dire "Ti amo" fino allo sfinimento (il suo), facevo la ritrosa con gli altri uomini che sfacciati mi prestavano ancora attenzione.

Dopo una settimana che è via, svanisce. Io divento

pazza. Chiedo al nostro ultimo amico in comune (tutti gli altri dopo la storia di Mila mi hanno ovviamente tolto il saluto) e lui mi dice che non ne sa niente ma so benissimo che sta mentendo.

La pazzia diventa ossessione e credo di aver digitato il suo numero per ore e ore consecutive, fino a farmi sanguinare gli occhi ma risultava sempre spento. Sempre spento, sempre spento. Chiamo l'albergo dove avrebbe dovuto lavorare e mi dicono che non lavora lì da una settimana circa. Respiro, male ma respiro, e cerco di non uccidere qualcuno. Lo cerco ovunque e lo trovo anzi, me lo fa ritrovare Mila.

Convinta di aprire la lettera "bruta puttana N°5", mi ritrovo in mano un foglio su cui era scritto che Shrek dormiva sotto casa sua a San Pietroburgo da due giorni con un sacco a pelo nel tentativo di ottenere il suo perdono, mi chiedeva di andare a ritirare quel sacco d'immondizia. A San Pietroburgo. Inutile dire che lo aveva rispedito in Italia a calci nel sedere e che con la faccia di bronzo era tornato da me a chiedere perdono. Ora lo immagino a dormire in un sacco a pelo a quel paese dove tutte le donne della sua infame esistenza lo avranno mandato.

E così dopo di lui, ma forse anche prima, le ex dei miei ex hanno rivendicato e spesso ottenuto proprietà sentimentali e fisiche nei confronti del mio uomo.

Col tempo inizio a pensare che una dovrebbe far finta di nulla, col tempo ho imparato a non frugare tra i messaggi del mio fidanzato, non perquisirgli il computer appena fa l'errore madornale di lasciarlo acceso ma soprattutto mai, e poi mai, e poi maissimo, aprirei il suo Facebook. Scoprire un tradimento è una cosa irreversibile, personalmente mi ha sempre spinto a restituire e rincarare la dose. Ma di brutto.

Da allora per me le ex rappresentano uno spauracchio

mica da poco.

Anche tu, Serpe, come me molto tempo fa, sei stato felice con qualcuno. Dopo tre anni alla fine dello scorso gennaio è finita per tua decisione la relazione con un'attrice di teatro italiana con il viso di un angelo.

Messe vicino sembriamo una sfida Michelangelo VS Picasso, anche se di mattina mi avvicino di più a Mirò. Le vostre foto sono ancora tra le tue pubblicate sul tuo profilo Facebook, vi ritraggono seduti accanto con le mani intrecciate, in contatto fisico anche quando siete fra amici, in momenti a casa di semplice quotidianità.

Sono così lontana dalla sua perfezione, spero non sia questo quello che cerchi in una donna perché non sento di avere nulla di perfetto. Devo dire senza falsa modestia di essere una ragazza piacevole. Me la gioco parecchio sul profumo della pelle e un sorriso perfetto sul quale mia madre ha investito circa ottomila euro, povera donna. Mi chiedo se è a lei che devolvi ancora oggi il credito del tuo cellulare. Ma non lo voglio sapere davvero. Forse l'ignoranza dà una forza di cui la perspicacia non è capace.

Anche io sono l'ex importante di un uomo, forse l'unico di cui non ti parlerò davvero. O magari ne parlo tutti i giorni, tra le righe di una lingua tutta mia.

Sei tornato dal deserto di sale, sarà per questo che mi sembri inaridito? Che cattiveria, scusami, non è esatto dire questo, è che la nostra chattata di ieri mi ha lasciata un po' perplessa. Iniziata benissimo, per carità, mi hai cercata tu per primo e abbiamo parlato per un'ora prima che ti congedassi. Ma a un certo punto mi hai chiesto se avessi ceduto al tipo che mi fa le avances, riferendoti a Cribbio, io ti ho risposto di no aggiungendo che i suoi tentativi erano comunque insistenti. "Affari tuoi" mi hai detto. "Affari tuoi?!" ti ho risposto, "Sì, tu sei a Roma non in Bolivia" e da lì hai capito che stavi facendo un danno ed hai messo una pezza (inutile) ed hai cambiato discorso. La me di sempre avrebbe fatto una scenata e avrebbe chiuso la conversazione sperando tu mi cercassi per le due ore successive anelando il mio perdono, e invece, visto l'oceano in tempesta fra noi, ho tenuto botta e abbiamo continuato a parlare ancora molto a lungo. E devo dire ne è valsa la pena. Abbiamo parlato di cose molto profonde, della tua famiglia, dei rapporti tra le persone, per quanto bizzarri, di quanto avessi visto da dov'eri appena tornato, dell'alba e dei suoi riflessi in una distesa sconfinata e bianche, degli spazi troppo grandi che ti fanno sentire piccolo. E non è mancata neanche la mia figuraccia:

"Domani vado a Potosì"

"Potosì, sembra carino!"

"In realtà è un posto tragico"

"Ecco…"(merdxx! L'attrice di sicuro lo sapeva!)

"è conosciuto per le sue mine, una delle città più saccheggiate del Sudamerica, indios morti a migliaia nelle mine"

"Madonna…"

"Ci sono ancora minatori con un'aspettativa di vita di 40 anni!"

Ma io che cavolo ne posso sapere di Potosì, che, con rispetto parlando, mi faceva pensare a un posto pieno di gente col sombrero che gridava allegra Ahi, ahi, ahiiiiii mentre mangiava tacos e patatine piccanti…..

Ci siamo salutati con la promessa che ci risentiremo tra oggi e domani perché tu possa comunicarmi la decisione riguardo le date per i biglietti di andata e ritorno Parigi - Roma. Il solo pensiero mi commuove e mi terrorizza perché il tempo sta assurdamente volando via.

"*Me gustarìa tenerte aquì, ahora. Besarte y conocerte.
Recorrer todo tu cuerpo y tu mente. Mi amor.*"
In assoluto il più bel messaggio di tutti i tempi e tu
l'hai scritto per me facendomi annebbiare la vista. La
prima volta che digiti la parola "amor". E quando mi
arriva questa meraviglia?

Mentre mi ammiro allo specchio, più alta di 12
cm, con un vestito che sarebbe illegale in almeno cieci
stati pronta a raggiungere con Cecilia i debosciati del
Drum'n'brave con tanto di Cribbio al seguito. La verità
è che io e lui continuiamo a vederci e a sentirci, la verità
è che se non avessi fatto una promessa non gli avrei mai
resistito.

La verità è che l'astinenza è pura dannazione e che tu,
amore mio, hai un sesto senso indecente. Meglio così, mi
fermo a qualche effusione, giusto il tempo di mandare
ai pazzi Cribbio che ormai ci manca poco che mi schiaf-
feggi. A volte mi ritrovo attorcigliata tra le sue braccia e
siamo così maledettamente vicini che posso vedere con
chiarezza il suo labbro superiore che si alza verso sinistra
in un ghigno di rabbia, mi mostra i denti come un cane
da combattimento, mi apre la mano gigante sul viso e
me lo sposta senza delicatezza dicendomi "Vai via!" ma

a me piace e resto lì a bramare e a farlo bramare. Ieri ho scritto su Facebook "Danni e passione. Avevo pensato a questa frase senza un motivo preciso, mentre giocavo con le parole come amo fare. Dopo poche ore un tuo sms "Danni e passione?" Ecco qua! Ti ho scritto subito per tentare di spiegarti e darti un bacio visto che sono due giorni che non ci contattavamo aspettando che tu ti sistemassi dopo il tuo arrivo a La Paz.

Messaggio su Facebook: niente. Sms: nisba! Merda! Ecco una scenatina di gelosia delle tue, ma stavolta non ho fatto niente! Dopo un ennesimo tentativo mi arrendo al fatto che tu non voglia parlarmi e, alla fine di una domenica da dimenticare, lancio un appello nell'etere: "ho voglia di una bigbabol blu, del mio cane, del mio migliore amico, di una telefonata che non può arrivare, di trovare un biglietto aereo sotto il cuscino, di non sentire la sveglia domani mattina e di svegliarmi in un abbraccio impossibile. Anche una canzone in regalo non sarebbe male". Inaspettatamente dopo pochi minuti metti sul tuo profilo "Baciami" dei Diaframma con un commento: "40?" Era per me! Un testo pazzesco in cui il cantante dichiara di pensare a una ragazza di più ogni giorno che passa. Ora la canzone fa parte del mio conto alla rovescia e, avendola condivisa dal tuo profilo i nostri nomi appaiono vicini ed io li amo. Anche dopo questo hai però deciso di non rispondermi.

È ufficiale: sei arrabbiato, geloso e malvagio. Sei ore più tardi ero già in ufficio dove è comparso il ragazzetto della manutenzione per attivare i riscaldamenti. È scuro di carnagione, magro che sembra sputato da una balena e con i capelli ingellati e insù. Indossa una tuta blu da operaio (sarà perché è un operaio?) e mi fa un sesso inspiegabile. A me i brutti piacciono, mannaggia! I difetti che prediligo sono: orecchie a sventola, incisivi larghi, naso storto e oversize, gambe storte e magrezza quasi eccessiva. Naturalmente non in quest'ordine e non tutte insieme.

Io non lo guardo e lui fa domande mentre cerco di sembrare indaffarata anche se sto leggendo l'oroscopo di Brezney. Ma che scena è mai questa? Sfido qualsiasi donna a ritrovarsi da sola in ufficio con gonna tacchi e camicia e quasi due mesi di arretrati e vedersi arrivare il tizietto qui che mentre rigira chiavi inglesi, sospira a ogni sforzo. Devo ammettere di avvertire i primi segni di cedimento ma sono fisiologici, posso resistere ancora un po'.

Autoerotismo e shopping, ecco cosa! Sono le prime
due soluzioni che mi vengono in mente ma entrambe
hanno come controindicazione un importante dispen-
dio di energia, tempo e denaro. E possono entrambe
provocare gravi dipendenze. L'autoerotismo è un busi-
ness, sono giorni che fisso una specie di serpentello
dal distributore automatico della farmacia sotto casa.
Bianco, allungato, ergonomico, discreto, dieci euro e
cinquanta centesimi e passa la paura. Sarebbe perfetto
se non fosse per Mallia, la domestica russa che viene
una volta a settimana e che la CIA dovrebbe brevettare.
Troverebbe un diamante in una salina (e lo getterebbe
via perché crea disordine nella salina) e di sicuro non le
sfuggirebbe un vibratore nella mia stanza.

Una volta rientrando a casa l'ho trovata sotto il mio
letto completamente distesa a pancia in su. "Mallia
che c'è?" "Ciao Bea, ho visto sotto doghe tuo letto è
entrato uno geco". Fossi stata il geco mi sarei consegnata
a quella matta solo per chiederle come diamine avesse
fatto a vedermi. Non le si può nascondere niente, sono
l'unica persona al mondo a non avere un calzino spaiato.
La immagino giocare a nascondino da piccola

"Cento per Igmar nel bagagliaio di automobile in

corsa su strada per Varsavia!" Quindi un vibratore propriamente detto: no. Pensavo di comprare l'anello, è più discreto e potrei metterlo nella scatola dei gioielli ma temo che la sua forma presupponga la presenza di un uomo e non sento di poter rimorchiare uno con la scusa di fargli indossare quel coso per vedere come gli sta. Potrei fare come il principe con la scarpetta di Cenerentola ma temo possa sembrare un pretesto. Troverò un modo che escluda anche la possibilità di vedere Mallia con l'anello al polso, visto che peserà 40 chili, che contenta mi chiede "Mi presti bracciale per reumatismo?". Nel frattempo ho speso sessantasette euro per comporre dei collant e delle culottes, anche se a ridosso del tuo arrivo ho intenzione di rifornire un arsenale di intimo atomico.

Per quanto riguarda il progetto: making a better me for you, le lezioni di danza procedono alla grande, il mio corpo si sta asciugando ed io studio non poco per potermi spogliare davanti a te con scioltezza e maestria al limite dell'ipnosi. Io e le altre ragazze ormai siamo un gruppo e tutte perdutamente sedotte dal nostro insegnante. Lui non ci aiuta per niente e continua a indossare dei pantaloncini di cotone a gamba larga.

L'altro giorno ci ha chiesto di interpretare l'inizio del brano sul quale avevamo montato la coreografia. Dovevamo partire da terra e immaginare di essere nella nostra camera da letto. Quindi ha spento le luci, ha posizionato dei faretti agli angoli della sala piena di specchi (sempre più difficile ssiori e ssiore..). Divisi in gruppi eravamo in tre a iniziare più lui. Parte la musica *Stupid in love* di Rihanna ed io inizio a strisciare sul pavimento con espressione struggente. A un certo punto mi alzo sulle ginocchia, apro le braccia come se dovessi stiracchiarmi di primo mattino e roteo la testa per poi riabbracciarmi.

Due braccia potenti e nodose mi chiudono in una morsa da dietro ed io sento che è la fine. Per un tempo infinito, Micky mi ghermisce, mi guarda mi strattona e mi riprende, mi sospira vicino, si struscia in questo impeto artistico che per me era puro delirio ormonale. Alla fine, come alla fine di tutte le coreografie che vediamo in tv, mi scaraventa lontana da lui e se ne va. Carunchio e la "bottana industriale". Uscendo, i commenti con la compagna che abita al palazzo accanto al mio si sprecano "Eh hai visto come si morde la collana mentre facciamo riscaldamento, hai visto come muove il bacino avanti e indietro mentre facciamo riscaldamento..." così per trecento metri fino a casa. In effetti c'è un esercizio in particolare che prevede di mandare il bacino prima tutto avanti e poi tutto indietro tenendo fermo il busto e lui spinge talmente tanto da sembrare la Nave Pirata del Luna Park e tutte facciamo finta di non guardare ma gli puntiamo addosso le code degli occhi come un laser.

Come se non bastasse, ieri con i Franz Ferdinand a palla nelle orecchie sono andata a correre. Ho ripreso alla stragrande ma quel che più conta, oltre le 294 calorie in meno festeggiate dal mio Ipod pedometro, è il parterre di fighidellamariaverginesantissima che circola al parco. Cani felici, padroni felici, testosteroni che facevano la staffetta, donne felici, una tribù che faceva danze tribali al suono di un coso tribale.

Civetta come poche, una delle cose che più amo è passare dalla tribuna dei papini, lì dove ci sono le giostre per i più piccoli, una lunga panchina in muratura fa da seduta per tutti i genitori che accompagnano i figli a passare un po' di tempo all'aria aperta magari mentre la mammina sta a casa a far le pulizie. Quindi passare lì davanti è uno spasso perché mentre mantieni la camminata veloce, e quindi una sculettatura da premio Oscar, con tanto di leggings super aderenti, li senti proprio gli sguardi affamati da spazzar via con la manina come fossero polvere sulle spalle. Guardavo ammirata queste scene miracolose cercando di non farmi falciare le gambe dai ragazzini in bici mentre me ne stavo seduta su una panchina a fare addominali e a guardarmi intorno per capire da che parte iniziare a gettare sguardi a pallonetto.

L'astinenza è una cosa amore mio, la cecità è tutt'altro paio di maniche.

Pensavo di non aver visto bene, una pulce di circa sei anni con una bici celeste fa il giro della rotonda dove mi trovavo e mi fa l'occhiolino. Secondo giro, un trillo col campanello e lo vedo ripartire pronto a ripassare alla chiusura dell'ennesimo cerchio con casco in testa e rotelle rumorose.

Prima che mi raggiungesse per la terza volta e mi invitasse a salire a casa sua per un drink quella sera stessa, ho ricominciato a correre. Immagino di avergli spezzato il cuoricino ma deve imparare come va il mondo, nonostante l'idea che aver contribuito a istruire il suo cuore da stronzo di un domani non mi faccia niente felice.

A volte rientro a casa e inveisco contro le tue foto nella mia stanza perché nei momenti di maggiore tentazione avrei proprio bisogno di un incoraggiamento. A esser sincera più passa il tempo più i tuoi sms diventano assidui. Non ci vediamo in skype da quando eri a Buenos Aires, sono passati più di sessanta giorni da allora ma non sento la mancanza di questo.

Ci sono un paio di video di te su Youtube e me li faccio bastare per quando la tua voce diventa necessaria. L'assurdità e che la cosa mi sembrava fosse più difficile nel nostro percorso fosse mantenere vivo l'interesse reciproco fino al tuo ritorno e invece sta succedendo ed io sono veramente terrorizzata di più ogni giorno che passa. "Ancora a 4000 metri, fra poco comincia la lunga discesa verso l'amazzonia e comincio pian piano ad avvicinarmi a te". È questo ultimamente il tenore di ciò che ci scriviamo.

Le mie amiche sono in visibilio per questa dose endovena di romanticismo storico e cercano in tutti i modi di convincermi che la loro presenza in incognito al nostro primo appuntamento sia assolutamente necessaria.

Mi è stato addirittura proposto di girare un documentario! Anche su Facebook il conto alla rovescia desta sempre più interesse, ricevo molti messaggi privati in cui mi vengono chieste informazioni che ovviamente io non elargisco, non a tutti almeno.

La nostra data sarà (credo) il 26 dicembre.

Io tornerò dalle vacanze lampo in Calabria con i miei quello stesso giorno ma non ti chiederò di venirmi a prendere a Stazione Termini. Arriverò a mezzogiorno, non voglio che abbracciandomi per la prima volta tu senta tra i miei capelli l'odore fetido dei treni dal sud, ci riservano sempre il meglio, veri e propri viaggi della speranza, carichi di persone anche in piedi nel periodo di Natale e con i biglietti che non sono più disponibili già da due mesi prima.

Avrei pensato di proporti di incontrarci su una panchina in centro, magari una di quelle senza schienale così da poterci sedere uno di fronte all'altro e restare abbracciati (se ne avremo voglia) mentre tutto intorno a noi è Roma con turisti da ogni parte del mondo, è Roma ghiacciata, è Roma di luci, è Roma di ambulanti con le eliche colorate che volano in cielo e ricadono in un bastoncino di un Pakistano, è Roma con sei caldarroste profumate a 4 euro, Roma di uomini statue immobili vestiti da sfinge.

Roma a Natale, il giorno dopo Natale.

Ti toccherò le mani, questo pensiero più di quello

del nostro eventuale primo bacio mi fa venire il mal di pancia.

"Mi sono svegliato pensando a te e a Roma, come se la mia città riacquistasse senso attraverso di te." È un pensiero anche tuo. La prima cosa nostra. Con la mia amica e compagna di danza Siria abbiamo in mente un progetto fotografico che in qualche modo riguardi me, te e Roma, abbiamo già pensato ad una location speciale ma non voglio anticipare niente. Ti basti sapere che sono terrorizzata, nonostante la mia vanità, l'obiettivo m'imbarazza tantissimo ma abbiamo pensato anche a questo. Mi piacerebbe moltissimo avere delle belle foto ma è come se partissi svantaggiata. Le altre ragazze di Facebook mi fanno sentire un cesso. La meno attrezzata ha un book fotografico fatto a New York e un giro coscia di 8mm. Hanno amici di tutte le etnie del mondo perché hanno viaggiato tutto il mondo, ricevono commenti dagli uomini più belli e dopo sette secondi, qualsiasi cosa scrivano nel loro status, hanno 300 mi piace, così, sulla fiducia. Sembra che mangino solo fragole immerse nel cioccolato fondente che gocciola sulle loro tette perfette, le vedi arrampicate sulle rocce con addosso solo perizomi, e lì mi sono sempre domandata come facciano a non graffiarsi pancino e patatina e soprattutto perché i fotografi hanno sempre sta voglia di immortalare una donna che fa la patella. Ma poi perché fanno tutte le attrici? Dove le posso vedere in movimento, su che canale, in quale film? Sono attrici di teatro. E quel che mi fa morire sono i commenti alle loro foto lasciate dagli avventori: "vorrei svegliarmi ogni mattina accanto a quelle labbra, bellissima, hai Messenger?" Ma che dici? Che fai? Che speranze credi di avere dicendole ciò che si sente dire da quando ancora era l'immagine di un'ecografia?

È proprio vero che gli uomini del web difficilmente

sanno corteggiare ed io non mando giù il boccone amaro dell'invidia...

Correggo le mie foto, le taglio, le coloro ma sembrano vestiti taroccati. Io sono normale, i miei capelli patiscono l'umidità e le mie unghie non hanno la punta bianca e quadrata. Sono corte e senza smalto perché con le unghie non so lavorare sulla tastiera del computer sulla quale passo tutto il santo giorno. Immagino le loro tastiere con i tasti tutti bucati.

Ho dovuto studiare e fingere di essere intelligente per troppo tempo, questo mi affatica anche perché non sono riuscita a raggiungere livelli per cui qualcuno direbbe di me "quella sì che è una donna di cultura", non leggo abbastanza, non mi interessa la politica, non ho visto tutti i film francesi e non conosco le nuove leve del cinema giapponese. Niente. Sono normale. Intelligente ma in modo normale. Forse la cosa che più mi distingue sono le mie manie ma potrebbe non essere una cosa esattamente a mio favore.

Non ho molte delle manie tipicamente femminili, ad esempio in bagno vado da sola. A dire il vero mi chiudo a chiave anche quando sono sola in casa. Credo dipenda dal fatto che da piccola due miei cugini mi hanno aperto la porta e hanno riso di me che facevo la pipì degli angeli. Ero lì e mi sembrava di non finire mai mentre loro fermi sulla porta ridevano come due iene. Avevo sei anni e quella maledetta pipì non finiva mai. E quei due lì a ridere. Col tempo ho trovato la risposta alla domanda che tutti gli uomini si pongono: perché le donne vanno in bagno in coppia. Per guardare se l'altra ha la cellulite e poi poterne gioire. Ed ecco altre due cosette che ogni uomo dovrebbe sapere:

1) Se uscite con una donna perfettamente depilata è perché sapeva che avreste fatto sesso;

2) Se la sua biancheria è un coordinato di pizzo è per-

ché sapeva che avreste fatto sesso;

3) Se dopo avervi fatto arrivare borderline vi dice "ti prego, non possiamo" è perché non aveva fatto in tempo a depilarsi o è al primo giorno di ciclo e sta cercando di apparire come quella che non ci sta al primo appuntamento;

4) Le donne tra di loro parlano delle dimensioni dei peni ma non di quelle del proprio ragazzo però perché tutte quante temono che l'amica si interessi troppo alla cosa. Ma se fate cilecca, lo faranno sapere almeno all'amica del cuore;

5) La solidarietà femminile è un concetto inventato dalla Benetton per poter ritrarre più di una donna su di un unico cartellone.

Ad ogni modo, non ho accordato alle mie amiche e ai miei amici gay il permesso di seguire la nostra prima puntata dal vivo durante il nostro incontro. Si erano proposte con baffi posticci, macchine fotografiche, finti occhi a mandorla e persino la mia amica incinta ha cercato di impietosirmi spacciandola per una voglia della gravidanza. Niente, un momento mio, tuo e di Roma e basta. È ovvio che non posso escluderle dalla fase preparativi che ormai sembra non bastare già più.

La domanda di tutte ed anche la mia naturalmente è: che cosa mi metto? Ieri credo di aver iniziato con il piede giusto acquistando un paio di stivaletti di Chloé favolosi. Ricordano l'intuizione delle galoches, sono però degli stivali a mezza gamba, larghi e rigidi sul polpaccio di un blu quasi elettrico lucido verniciato e la punta arrotondata. Giuro che sono di una raffinatezza assoluta e mi permetteranno di essere dieci centimetri più alta a dispetto dei sanpietrini che ingoiano ogni tacco degno di questo nome. Costavano una fortuna ma ho ottenuto uno sconto fedeltà niente male e poi li ammortizzerò non mangiando schifezze delle macchinette in ufficio mai più o per una settimana così anche i miei muscoli risulteranno meno "appannati", come si dice in gergo. In attesa del grande giorno in cui suppongo usciremo in venti per comprare un vestitino, mi hanno lasciato autonomia nell'acquisto di prodotti per la pelle, per i capelli e per il trucco. Ho già comprato tutto ciò che mi serve per diventare una bambola di porcellana. Contorno occhi concentrato di acido ialuronico effetto tensore, correttore occhi per disintegrare qualsiasi ombra dal mio viso, matita per le sopracciglia di cui nessun uomo conosce l'esistenza e soprattutto saponette e creme per il viso effetto così ringiovanente e così costose che l'obiettivo è che tra un mese quando ci vedremo mi dovrai chiedere la carta di identità.

Comunque a proposito di sesso io sto facendo degli esercizi molto più semplici che servono per essere turgide ed elastiche nel punto giusto e anche a prevenire l'incontinenza senile (che amarezza). Allora si fa così: si contrae il muscoletto come se dovessi trattenere la pipì e poi ci si rilassa. Trattenere pipì, ci si rilassa, trattenere, rilassare... Questo per una decina di volte quando ci si ricorda durante il giorno (mai) e comunque fa un male cane perché a volte ti prendono dei crampi (sono pur sempre dei muscoli) che ti fanno venire la voglia di rigirarti sul pavimento come un break dancer da strada e magari sei nel bel mezzo di una riunione in ufficio o a un congresso. Che poi si sa che l'unico modo di far passare i crampi è quella di fare stretching della zona interessata ma davanti alla gente può essere imbarazzante mettersi lì con le mani a sfregarsi l'inguine.

Sto facendo anche degli esercizi consigliatissimi da una trasmissione televisiva che parla di sesso a volte anche con una naturalezza posticcia e irritante. È un talk show che parla di rapporti di ogni tipo e di ogni tipologia di perversione ma guai a parlare di perversione perché loro dicono che tutto è lecito. Ci sono quelli che si mettono le palline sonore non ti dico dove, gli esperti di bondage che vanno in ufficio vestiti come Edward mani di forbice sotto l'abito e quelli che mettono un mini vibratore wireless dentro la compagna e che lo azionano a distanza a comando.

Questa cosa mi ricorda l'infanzia quando papà aveva comprato alla fiera un portachiavi che se fischiavi si metteva a suonare così potevi ritrovare subito le chiavi. In realtà ti poteva venire pure un enfisema ma quel coso non si esprimeva se non di notte quando tutti dormivamo o comunque quando gli pareva ma mai al suono del fischio.

Alla luce delle mie nuove nozioni mi chiedo se papà non lo abbia nascosto nella mamma per un je ne sais quoi di possesso e gelosia.

Sono andata a Reggio lo scorso fine settimana. La mia casa è molto grande ed è studiata perché possa ospitare me e i miei fratelli con le rispettive famiglie. Naturalmente io non ho alcuna famiglia e finisco sempre per dormire con i miei nipoti che si addormentano abbracciatissimi a me per poi prendermi a calci per il resto della notte. Proprio l'altro giorno tu eri in difficoltà con l'acquisto del biglietto aereo di ritorno, non avevi ancora deciso la data di partenza perché non avevi ancora deciso con chi passare il Natale e quindi se venire a Roma prima o dopo. Mi hai fatto tenerezza perché ho percepito ancora una volta che il problema fosse la tua famiglia, nobile, artistica, speciale ma senza un fulcro e con un faticoso e poco decodificabile modo di manifestare l'amore.

A volte penso che il tuo platonico attaccamento a me derivi dal fatto che in un periodo così lungo io sia stata l'unica costante, l'unica a non aver mollato e ad aver dimostrato un interesse quotidiano a te, alla tua salute, alla tua felicità.

Sembravamo una vera e propria coppia e tutto era così naturale. Io ero in soggiorno con la mia di famiglia e mi chiedevo cose ne avresti pensato del mio papà che ogni tanto resta in pigiama ma con la giacca da tenente con gli alamari, mio fratello che fuma in giardino che è come in uno stato catatonico e ogni volta che vuoi parlargli devi toccargli una spalla, mia sorella Lara e mia madre che rassettano la cucina dopo un pranzo preparato in cinque ore e consumato in venti minuti.

Loro due sono madri e complici da sempre, hanno sempre qualcosa di cui parlare, sono identiche nel corpo e nei comportamenti ed hanno una complicità che non raggiungerò mai.

La prima volta che l'ho capito avevo solo cinque anni, tornavamo a casa dalla spiaggia e loro due camminavano avanti a me e mia Zia di qualche decina di metri di sassi incandescenti. Mamma teneva in mano un ombrellone aperto e si proteggevano dal sole. Parlavano, come sempre. "Che si dicono?" avevo chiesto io a Zia, "Loro sono grandi, parlano delle cose dei grandi".

Anche oggi che sono una donna quanto loro, le due continuano a parlare di cose che mi riguardano poco ma ho capito che non è per escludermi, forse solo un po', ma che succede perché io sono molto diversa da entrambe. Mia madre ha solo avuto mio padre tutta la vita, gli uomini di Lara si contano sulle dita di una mano ed io sono quella che ha dato filo da torcere con i miei struggimenti amorosi indirizzati sempre a persone diverse fin da giovanissima.

Mia madre col tempo ha capito molte cose, mi ascolta senza giudicarmi, sa che sono così e non mi biasima più. Da quando ero ragazzina mi canta una canzone, credo di Orietta Berti che fa "lunedì c'è Giambattista, martedì c'è Gian Nicola cara mammaaaaaa!". Credo invece che mio padre pensi che io sia lesbica, ma va bene così almeno non fa domande. Per il mio ritorno non mancano i miei piatti preferiti: lagane e ciciari, polpette al sugo, cotolette, patate fritte, arancini di riso... e non è l'elenco delle cose che mi piacciono ma il menù di una domenica qualsiasi in cui mamma non ha voglia di fare un granché.

Una volta mentre affondavamo le fauci nelle pastarelle al momento del caffè lei fa "uh! Cazzarola! Mi sono scordata!" e colpendosi la fronte con il palmo della mano corre in cucina e torna con una parmigiana di zucchine! Chiunque ci mette un giorno di preparazione psicologica e due di preparazione tecnica per cucinare qualcosa di lontanamente simile a quella meraviglia e lei aveva preparato tanta roba da dimenticarsi di una parmigiana di zucchine.

I miei stanno insieme da cinquant'anni e nonostante le liti quotidiane si amano ancora moltissimo e più che settantenni si fanno ancora le scenate di gelosia. In inverno a casa i vetri si appannano per via della cucina sempre in funzione, parenti e amici vanno e vengono e il telefono squilla continuamente.

I miei nipoti esigono di star con me tutto il tempo che resto a casa e mia sorella me li concede con parsimonia perché dice che glieli riconsegno esauriti. Facciamo escursioni in collina, li faccio arrampicare, sporcare, giocare, lottare e ridere finché non vomitano. Gli insegno le parolacce in romanesco e il piccolo ha detto "Mortxxxxx tua" alla maestra facendo ridere tutta la classe che non fa che ripeterlo a quella poverina che ha mandato a chiamare mia sorella. Le ho detto che non c'entravo ma credo le prove contro me siano inconfutabili. E comunque il piccoletto fa troppo ridere. Ho inventato per loro il gioco della Casa del Grande Fratello (anche questo molto educativo). Costruiamo una capanna in mezzo al salone usando sedie come mura e una coperta come tetto. Io li nomino come da copione con voce solenne: il primo concorrente a entrare nella casa del grande fratello è... (musichetta di suspense con la bocca) e loro fremono e saltellano sul posto e poi, una volta nominati urlano ed entrano. Lì dentro li massacro dicendogli che devono superare delle prove e inizio a lanciargli un po' d'acqua (non molta), cuscinoni dal tetto fatto con la coperta che gli crolla addosso, gli mando dentro il cane che felice si agita e gli lecca i faccini e loro ridono e a volte vomitano e mia sorella si incazza.

L'unico momento in cui la casa tace è di notte ed è un silenzio che porta con sé una pace che ognuno può trovare solo nella propria. Io guardo la tv fino a tardissimo, e non per la mia insonnia di sempre ma perché vorrei non perdermi un minuto di quella pace lì. L'altra notte guardavo su Sky il David Letterman Show. Gli americani fanno un tipo di televisione per alcuni versi bizzarro e parecchio estremo ma non mi dispiaccono. Ospite in studio Jim Carrey. La triste verità: gli somiglio. Come una rivelazione, ho stretto gli occhi e lo guardavo mentre la sua faccia si contorceva a ogni parola in sorrisi e smorfie plastiche. Non si può assomigliare a Jim Carrey, io sono una donna, neanche con barlume di dubbio sulla bisessualità che va tanto di moda.

Ho baciato delle amiche qualche volta ma senza lingua. Che fissazione per gli uomini guardare le donne in atteggiamenti lesbo, forse perché tra i loro sogni erotici più ricorrenti c'è quello di fare sesso con due insieme. Mi è capitato di sentirlo dire a uomini incapaci di accontentarne anche solo una ma i sogni sono sogni.

Anche io faccio dei sogni erotici, mi capita spesso in metropolitana quando parcheggio la macchina a San Paolo e uso la linea B per andare a Termini a prendere il treno per la Calabria. Molto simile a un b-movie anni 80, il mio pensiero elabora scene strane con quello che mi siede di fronte se corrisponde alle caratteristiche mi ispirano sessualità: uomo, a volte di colore, magro ma con le braccia nodose, abbigliamento sagomato addosso, almeno uno sguardo ricambiato e musetto da duro. Anche gli anelli argentati a fascia mi piacciono, meglio se sul pollice, e in contrasto con un abbigliamento rigoroso. Trovo che sbottonare la camicia ad un uomo sia fra le cose più erotiche al mondo (ho visto che tu le indossi... mon cher...). Non che me ne vada in giro per la metro B come il fantasma pazzo di Ghost, è che non riesco a leggere in metro, mi viene da vomitare. Anche se solo per sei fermate, so di essere stata il sogno erotico di qualcuno, è una cosa che mi lusinga ma mi chiedo come possa essere possibile vista la mia somiglianza con Jim Carrey. Una volta un mio amico, un mio ex per dirla tutta, sentendomi dire "Sono simpaticissima!" mi rispose "Tu non sei simpatica Bea, tu sei ridicola."

Quando qualcuno mi piace davvero, in effetti, non riesco a essere sciolta, mi sento in dovere di sembrare più brillante e sveglia per capirci e inizio a snocciolare un umorismo che definire britannico significherebbe dargli un senso. In metro non è così, posso sfoderare in tranquillità i miei sguardi cinematografici senza dire una parola, di quelli che nulla lasciano all'immaginazione. Accavallo e scavallo le gambe e quando sono in vena, una volta scesa alla mia fermata, aspetto che il treno riparta per salutare anche con la manina. Questo è perché so che non lo rivedrò mai più, e prendo coraggio. È questo il segreto, lo stesso delle mantidi religiose: non rivedere l'oggetto-soggetto del desiderio. Tra i sogni erotici più comuni tra gli uomini: la domestica, le gemelle, la professoressa, l'assistente di volo, la segretaria, la fidanzata dell'amico, fare sesso con una donna che non li richiami il giorno dopo.

Tra i sogni erotici più comuni fra le donne: il migliore amico del proprio ragazzo, fare sesso con due uomini, fare sesso due volte con lo stesso uomo.

Nessun sogno maschile riguarda l'innamoramento. Risulterebbe anacronistico e incomprensibile, o forse è perché il cuore batte più forte quando ci si innamora e una delle paure più comune tra gli uomini è quella di morire di infarto. Forse le persone evitano di innamorarsi perché temono questi sintomi e quindi smettono subito.

Da oggi è tutto più difficile, perché ho sbagliato e inquinato ogni cosa. Svegliandomi ho avuto la tregua dei pochi minuti di stordimento dal sonno chimico a cui mi ero abbandonata prima di ricordare ogni cosa e sentire una fitta al cuore. Ieri ho fatto l'amore con Cribbio, non credo riuscirò a perdonarmelo così presto. Vorrei per un attimo che non fosse mai accaduto ma è quello che è successo ed io non ho tregua dal senso di rimorso. Non fosse solo per quello che è stato ma anche per quello che sarà, tra te, me e i miei amici in comune con lui che immagino non tarderanno a venire a conoscenza di quanto si è consumato ieri. Perché di consumo vero e proprio si è trattato. Non era previsto ci vedessimo, non era previsto accadesse nulla ma sono andata nella tana del lupo senza alcun innocente mantellino rosso che mi fornisse un banale alibi o un'aria innocente.

Avevo il corso di danza classica e sarei dovuta tornare a casa e invece ho ricevuto il suo invito a cena e non ho voluto rifiutare. Sono arrivata alle 22.30 profumata come una rosa, lui aveva preparato una cena dal sapore di casa e quando mi ha aperto la porta avevo riconosciuto come familiare la sua figura, familiare e bella, perché è bello, tanto. La sua casa era inaspettatamente ordinata e pulita, accogliente e pericolosa. Mi guardavo intorno e dentro me sapevo che sarebbe stato quello lo scenario in cu mi sarei abbandonata al mio errore. Non era come lanciarsi nel fuoco, era come fare una lunga passeggiata alla fine della quale ci saresti finita con premeditazione nelle fiamme e nello stesso tempo avere il bisogno di bruciarsi, aver fame di quel calore assoluto.

Per tutto il tempo in cui avevamo mangiato seduti uno di fronte all'altra, ho maledetto quella tavola che ci separava. Avevo una tosse insopportabile tanto da far fatica anche a deglutire.

Finita la cena ha spostato indietro la sua sedia e mi ha presa in braccio. Cribbio ha un corpo perfetto, comodo nonostante la durezza opposta da ogni muscolo, ero una bambina in una culla tra le sue braccia.

La tosse si era calmata mentre mi accarezzava la schiena con una mano che era grande come me tutta intera. Sentivo il suo desiderio e il mio riempire la cucina, sentivo di non avere scampo e di non volerne. Sentivo in me la voglia di scappare e il diritto di restare. Sentivo il presagio che tutto sarebbe cambiato. Sentivo battere il cuore per quello stronzo che ho respinto per settimane senza mai levarmelo davvero dalla testa.

Nei giorni passati durante una telefonata mi aveva detto "secondo me siamo un po' innamorati". Non gli avevo creduto e lo avevo rimproverato ma chiuso il telefono le lacrime erano uscite senza che potessi far niente. È tantissimo tempo che non sentivo quelle parole rivolte a me e se anche non gli credevo mi avevano commossa e spaventata a morte. Le carezze sulla schiena rendevano tangibile ogni mia parola sul palmo della sua mano che ne avvertiva ogni vibrazione.

Era la mia anima stessa a vibrare e non riuscivo più a nascondere nulla né a lui né a me.

Cribbio mi piace, tanto. E odio che le sue telefonate

si siano diradate, odio non ritrovarmelo sotto casa, odio la sua superficialità, la sua goliardia adolescenziale, la sua bellezza esplicita e la sua sicurezza. Mi sono alzata da quella magnifica sensazione con la scusa di prepararmi una tisana che potesse in qualche modo aiutarmi a riprendere respiro ma dopo un minuto ero seduta sul bordo del lavandino con le sue dita tra i capelli e le sue parole nelle orecchie. Praticamente stavamo facendo sesso con i vestiti addosso ed ogni sua frase scacciava ogni residuo di resistenza da parte mia che ricambiavo i suoi baci perfetti. Anche lì grazie all'acqua pronta nel bollitore siamo riusciti a uscire dall'empasse e staccarci. Sono quasi certa che lui non avesse capito quanto io mi sentissi coinvolta.

Altre volte si erano create delle situazioni preliminari tra noi e con pazienza aveva accettato i miei cambiamenti di rotta e la mia corrotta ritrosia. Forse pensava fosse uno di quegli episodi. E così lo avevo visto sparire nelle altre stanze mentre preparavo il mio infuso e cercavo di calmarmi. L'ho raggiunto in soggiorno, dove si era acceso una sigaretta e cercava un canale televisivo. Aveva deciso per un programma di moda in cui donne perfette e magrissime sfilavano prendendo a calci l'aria.

Ho pensato, col cavolo che mi spoglierei davanti ad uno che guarda modelle di venti chili e con i visi imbronciati e dopo tre secondi eravamo di nuovo avvinghiati a guardarci negli occhi e a minacciarci come gatti… il suo profumo è un colpo basso, glielo sento ovunque, sulle dita sui capelli, sul collo e mi sarebbe rimasto addosso per giorni.

I nostri movimenti erano perfetti, eravamo mare e sabbia sulla battigia, acqua e sassolini che litigano in quel movimento che non smette, un po' confuso ma perfetto e che finisce col disegnare linee morbide, armonia generata da un delirio. E ho delirato quando scan-

114

dendo con le labbra l'ennesimo "no" in faccia a lui, mi ha dato una sberla e mi ha dato della stronza. Gliel'ho restituita e gli ho detto che non mi piaceva. Si è alzato di scatto dal divano, per un attimo ho temuto smettesse e mi mandasse al diavolo. "lo capisci che se andiamo avanti in questa cosa io non ti voglio più vedere, a partire da domani?" Lui si passa una mano tra i capelli, si mette entrambe le mani sui fianchi guardando altrove ed io temo di avergli fatto una doccia fredda. Invece mi viene incontro più incazzato di prima e di tutte le volte che l'ho visto, mi prende da un braccio e mi sbatte in faccia una frase che mi gela e mi incendia "Addio Bea"e mi trascina in camera da letto senza che dicessimo una parola.

Mi ha spogliata tenendomi poggiata contro la cassettiera e non abbiamo più parlato, neanche fra le lenzuola del suo letto. Per quanto ci stessimo divorando non è mai stato indelicato, non siamo andati mai oltre pur sapendo di esserne capaci entrambi. Sarebbe stato perfetto se non avessi avuto coscienza che stavo perdendo un amico per un'unica notte e se non avessi capito che stavo per cascarci con tutte le scarpe. È stato bello e amaro e avrei voluto ricominciare un attimo dopo ma mi sono alzata, ho fatto una doccia, mi sono rivestita e sono andata via ignorandolo mentre mi chiedeva di restare a dormire.

Erano passate le tre di notte e mi trovavo dall'altra parte della città ma volevo solo tornare a casa. Sembravo un uomo che si congeda da una puttana, non ho voluto né offerto né una carezza né una parola. È rimasto ancora mezzo nudo e perfetto sulla porta a guardarmi aspettare l'ascensore che non arrivava mai, volevo scappare da lì a tutti i costi, cancellare le ultime ore in cui mi ero tradita o assecondata per ciò che sono realmente.

Ho attraversato la città in trance, sono arrivata senza accorgermene ed era come mezzogiorno, sveglia più di sempre ho fatto una sigaretta, l'ennesima tisana, mi sono struccata, rilavata, spogliata. Ho guardato Facebook pregando il cielo tu non mi avessi scritto nulla perché sarei potuta morire. In realtà erano giorni che non ricevevo tuoi messaggi di nessun tipo. Stavi arrivando in Brasile e durante i transiti da Paese in Paese è sempre più complicato tenere la nostra corrispondenza virtuale. Tra un paio di giorni ricomparirai e mi racconterai di ciò che ci siamo persi ed io non potrò fare lo stesso.

In ufficio il giorno dopo è tormento puro. Il lavoro si è moltiplicato anche per colpa delle mie distrazioni nei giorni precedenti ma il peggio è affrontare le allucinazioni.

È da quando sono uscita di casa che intorno a me è tornato il caos. Ho incontrato David che non mi ha riconosciuta perché era già ubriaco e parlava col suo cane ipocondriaco e quando gli ho detto buongiorno mi ha risposto che non stava parlando con me. Meraviglioso. Il mio capo urla da tre giorni come una donna con la sindrome premestruale che litiga con una checca isterica. È diventato pazzo già da un mese in realtà, in vista delle primarie qui in Italia poco ci manca che venga in ufficio con due grosse linee nere sotto gli occhi facendo quei balletti dei giocatori di rugby in cui si emettono un sacco di gemiti. E speriamo non lo faccia perché pensare a lui che geme mi fa venir voglia di farmi legare le tube.

Cribbio. La mia concentrazione non esiste più, appena mi muovo i miei capelli lavati il giorno prima, poco prima dell'incontro fatale, mi rimandano il profumo di Cribbio con una violenza tale da teletrasportarmi di nuovo nella sua stanza. Mi cala una cataratta d'immagini vivide e avide che mi eccitano da capo e puntualmente vengo richiamata all'ordine, come un paziente dallo stato di ipnosi, mentre sono in riunione con il Capo facendomi prendere valanghe di cazziatoni. Torno a casa bastonata e senza aver ricevuto un suo messaggio, figuriamoci una telefonata. Non vorrei ma l'aspetto pur essendomi congedata da lui con la sfacciataggine di chi se ne infischia e trattandolo con distacco. Nel frattempo spero che tu ricompaia tra un paio di giorni lasciandomi il tempo di metabolizzare il mio errore madornale e decidere cosa fare, come e se dirtelo. Escludo di informarti della cosa, sarebbe sincero ma inutile e servirebbe solo a non sentirti mai più senza motivo.

Ripenso alle volte in cui ho scoperto di essere stata tradita, ognuna di queste ha portato con sé un dolore frustrante forse mai scomparso davvero. Ogni volta ho pensato che sarebbe stato meglio non scoprirlo mai, ho sempre pensato che il tradimento debba tenerselo sotto forma di rimorso chi lo commette e che le confessioni fossero un inutile sgravio di coscienza e un atto di puro egoismo.

La verità che più mi ferisce è che in cuor mio so che non sarebbe mai accaduto se quello stronzo non mi piacesse davvero. In questo caso non ho facoltà di decidere, solo di farmela passare perché il mio amico non vorrà altro da me, ha avuto la sua parte, quello che pensando di non poter ottenere era diventata una vera e propria ossessione. Quindi temo di essere evaporata via dalla sua mente dopo la prima doccia calda che avrà fatto quando ho lasciato la sua casa. Ergo, devo ricominciare la mia vita come se niente fosse accaduto e sforzarmi di essere naturale con i nostri amici in comune e mangiarmi le mani ogni volta che ho voglia di chiamarlo o di mandargli un messaggio. Smettere di pensare a lui.

I giorni a seguire non sono stati facili, al punto che la mia stessa vita ha preso una modalità simile allo standby. È come accade sempre quando cambia il quadro delle priorità. Mi sono riscoperta a cercare su Facebook gli aggiornamenti di status di Cribbio, a guardare il telefono in attesa dei suoi messaggi. La sera dopo mi aveva telefonato ed io ero stata durissima. La mia ironia pungente da zitella acida lo aveva fulminato dopo pochi minuti di conversazione con la domanda " TI sei levato il pensiero adesso?" lui mi aveva risposto "Magari il pensiero mi è venuto..." "E fattelo passare!". I giorni dopo avevo mantenuto il punto facendo la vaga fino a che non ci siamo incontrati nel locale di sempre ed ero stata salutata con un bacio sulla fronte. Un bacio sulla fronte? Ma come ti viene? L'ultima volta che ne avevo ricevuto uno era stato il mio catechista quando ho preso la prima comunione! Dove sono gli abbracci di sempre e i sorrisi a un millimetro dai miei? Le cose sono andate peggiorando fino a non sentirci più e rivederci solo una volta e insieme agli altri. Pensavo fosse più semplice e invece no. Il sesso rovina le cose, i rapporti di amicizia e l'autostima. Perché se ci penso magari potrebbe essere che non gli sia piaciuto stare con me, eppure non sembrava. Certo che se un uomo si dilegua dopo aver fatto l'amore con te, un paio di domande te le devi fare. E una di queste è: ho detto fare l'amore? ☒

Tu sei in Brasile, circondato da famiglie di hippy e caimani. Finalmente ho di nuovo notizie di te che gettano acqua su un fuoco e ne alimentano un altro. Sei andato a pesca e un piranha ti ha quasi smembrato un dito perché non ti avevano spiegato come togliergli l'amo dalla bocca. Manca meno di un mese al tuo ritorno in Europa e al nostro primo incontro, sono terrorizzata. I nostri messaggi si sono un po' diradati, questo dipende dichiaratamente dal fatto che sono i tuoi ultimi giorni di questo viaggio lunghissimo ed importante ed è giusto che tu non stia troppo davanti ad un pc a ravanare nel futuro. Quel che conta è che abbiamo parlato del nostro appuntamento e siamo d'accordo. Il 26 dicembre, su una panchina, al centro di Roma. Ci siamo detti molte cose intriganti parlando della prima volta che potrebbe esserci tra noi ma più si avvicina quel momento e più sono terrorizzata.

Soffro di mal di testa da quando sono nata e mi ricordo che ogni primo giorno di scuola era inevitabile che stessi male e fino alla quarta elementare pensavo fosse una coincidenza alla quinta per la prima volta ho sentito parlare di mal di testa muscolo tensivo. Ergo arriverò da te rincoglionita di paracetamolo e chissà che altro.

Vestito, vestito, vestitissimo! È lui, l'ho trovato, provato, comprato! Il più bello, il più adatto, il più perfetto vestito di tutti i tempi, o almeno di tutti i primi appuntamenti fra due ragazzi che s'incontrano la prima volta dopo mesi di email, sms, chat, e skyppate! Calvin Klein, blu notte, leggermente lucido, moderatamente corto, sensualmente quasi aderente dietro, morbido e delicato davanti, scollo a V ma spostato sulla destra, perfetto per gli stivaletti Chloé, perfetto per coprire una sottoveste di seta super sexy e anche un po' per sembrare un Bacio Perugina da scartare. Vorrei avere un biglietto dentro con la scritta "Sposa questa donna, Anonimo".

Ho provato gli stivaletti di Chloé sui sampietrini e devo dire che riesco a camminare senza sembrare Adriano Celentano, il che non guasta. Quello che temo adesso è la sfiga fatale dell'ultimo momento. I presagi ci sono tutti, in due giorni ho provocato due incidenti con la macchina, un attimo di distrazione, anzi due, che mi costeranno un declassamento in assicurazione per danni da circa 1000 euro. Quindi mi aspetto di tutto, che so, un herpes mai avuto, una candida da stress, una caviglia rotta, i miei che divorziano dopo cinquanta anni di matrimonio, un licenziamento... vorrei che tutto rimanesse in questo stato di sfiga media e gestibile che mi accompagna da qualche settimana.

Devo riprendere la concentrazione, devo concentrarmi su di te pur senza sperare troppo che tu sia così perfetto per me ed io affatto perfetta per te. É iniziata l'onda dei PFN (piccoli fastidi nefasti): il pc che si rifiuta di accendersi prima del secondo tentativo (si sta bruciando), il mio cellulare (che andrebbe sostituito da secoli) mi minaccia di divorare nell'oblio tutte le mie foto e i miei video.

Due lampadine si sono misteriosamente fulminate in camera nel tentativo di accendere la lampada sul comodino che mi è arrivata sull'arcata gengivale inferiore che mi mostra la trinità ogni volta che mangio qualcosa di salato, perdo ogni cosa, spendo l'impossibile (in effetti, come sempre) nonostante mi abbiano levato 500 euro dallo stipendio del mese di dicembre. Che amarezza...

Parliamoci chiaro, detesto il mio lavoro, o meglio lo detesto nella misura in cui lo trovo pochissimo divertente, è che di questi tempi parlar male di averne uno è veramente da mentecatta.

Ad ogni modo, l'altro giorno quando sono arrivata davanti al parcheggio ho avuto un tuffo al cuore. Tutte le macchine, tutte quelle ferme intendo, avevano un palloncino ad elio rosa a forma di cuore attaccato allo specchietto, anche i motorini! Un distesa di macchine infinita, un colpo d'occhio pazzesco ed io ho pensato: è lui, è tornato prima, è un'installazione per me.

Scendo dalla macchina e mi avvicino a un palloncino con su scritto qualcosa "I love FOX". Lì, irriducibile ottimista, ho iniziato a pensare ai mille e uno motivi per cui tu avessi potuto decidere di chiamarmi Fox. Sarà perché sono molto intelligente? O sarà perché non arrivo all'uva e dico che è acerba? Sarà riferito alla canzone "Foxy lady"? O sarà che sono un'inguaribile romantica e quella era, ovviamente, una bella trovata pubblicitaria del canale televisivo?

Mi avvio più demoralizzata di sempre all'ingresso non prima di aver tentato di portarmi via almeno uno di quei palloncini e di avere beccato l'unica macchina il cui proprietario era dalla finestra a guardare! Mi urla "EHI!" ed io ho fatto un salto di due metri salvo poi avviarmi al portone con la testa nel cappotto. Ma ti pare? Prima di arrivare al mio ufficio devo salutare novemila persone, le stesse ogni santo giorno che mi incrociano con una precisione che sembra di stare in "The Truman show".

E anch'io uso le stesse frasi per rispondere al loro saluto.

C'è chi abbassa la testa perché pensa che io sia una spia mandata dal Senatore per controllare cosa stia facendo (ma chi te se fila…) c'è il lecchino che poco ci manca si inchini al mio passaggio convinta io riferisca "che persona squisita", c'è il signore grasso con gli occhiali, senza capelli e con la camminata strana che si tocca in bagno, che tutti lo sanno e che dicono che però non fa male a nessuno (?) e c'è la signora con il burka a cui il destino 'le ha detto male' , come si dice a Roma, che le si vedono solo gli occhi e purtroppo è strabica, ma strabica tanto, tanto che dalle mie parti si direbbe: con un occhio ti guarda, con l'altro frigge i pesci (proprio per l'attenzione continua che quest'ultima operazione richiede). "Buongiorno!" "Come va?" "Ehi!"… tutto così per cento metri di corridoio. Come sempre in questi casi, i veri amici sono quelli della vigilanza, quelli delle pulizie e quelli del bar.

Maurizio è uno della sicurezza di cinquant'anni circa che mi saluta con pollice, indice e mignolo su e la lingua di fuori. Io rispondo e con il labiale ci diciamo "Rock'n'roll", quelli del bar mi chiamano "Sister!" per la mia palese differenza dai "non vivi" come li chiamo io che gravitano in quegli spazi con gli sguardi e gli abiti spenti.

Grazie alle mie amicizie nel mondo della logistica che a tutti gli effetti manda avanti gli uffici e per quanto mi riguarda l'intero paese, ho pranzi migliori di chiunque, la scrivania più pulita fra tutte, e l'accesso a ogni tipo di sala segreta (ma non ho il tempo di andarci). Le lettere mi vengono consegnate a mano e così i regali di chi, per rabbonirsi il capo, cerca di passare attraverso me. Benefit si chiamano, e me li guadagno proprio tutti a suon di sorrisi, battute e ammiccamenti. Il proprietario del bar è cotto di me, mi dice che cammino come una modella (sculetto? Moi?) ed io sbatto le ciglia, sollevo la spalluccia e gli dico che non è vero.

Tra pochi giorni ci sarà il pranzo di Natale e la mia voglia di andare è pari a quella che ho di aprirmi le orbite con uno schiaccianoci. Ho già preso un regalo super glam per le mogli dei miei colleghi: un piegaciglia. Sono certa che almeno un paio di loro se lo girerà in mano pensando quanto sia cafona a regalare un tagliaunghie ma sono pronta con la mia spiegazione fashion per la quale mi sarebbe anche piaciuto preparare delle slides. C'è da dire che mancano pochi giorni a Natale ed io sono all'empasse totale. Mi sento paralizzata, se dovessi visualizzarmi nella condizione che preferirei adesso, me ne starei intere giornate con la testa sotto la coperta rossa che mi ha regalato la mamma anni fa. Così, nascosta. Non ho la forza di affrontare una delusione e, come spesso accade a ridosso di una data che si aspetta da tanto, ho il presagio che andrà tutto malissimo.

Non ho più rivisto Cribbio dal giorno in cui è successo il fattaccio, salvo una sera in cui con gli altri siamo andati a vederlo a teatro per uno spettacolo amatoriale in cui lui interpretava praticamente il ruolo di se stesso, "l'Ego", in effetti è stato bravissimo. Uno spettacolo infinito in cui per un'ora e mezza ho aspettato di vederlo entrare in scena. Ha iniziato con la voce fuori campo ed io mi sono liquefatta sulla poltrona dall'emozione. È salito sul palco in giacca e pantalone nero, camicia bianca un po' aperta ed io ho deglutito decine di volte. A quante persone capita di pagare un biglietto per andare a vedere lo spettacolo di un proprio errore? Questo fa di me una privilegiata o una sfigata senza fine? All'uscita lo abbiamo aspettato per salutarlo, ci siamo abbracciati, come con tutti, e salutati con un sorriso sottozero. Oddio che batosta, che croce, che palle!

Non ho mai particolarmente amato il Natale, credo dipenda dal fatto che da bambina, per qualche anno i miei genitori investirono proprio tutto nelle cure per papà in seguito "all'incidente" e questo sacrificò un po' quotidiano. Non che Natale fosse un evento quotidiano ovviamente, ma parlo proprio di quelle piccole cose che prima c'erano e poi non più anche perché mia madre si era licenziata per prendersi cura di lui. Il Natale è stato forse il primo contatto con la realtà economica, con il materiale, con il "io sì, tu no" a scuola, tra gli amici.

Le compagne di classe facevano schioccare le labbra, tiravano fuori un dito alla volta dalle mani e mi contavano in faccia quanti regali avevano ricevuto e poi rifacevano il giro con le mani perché erano anche più di dieci. Ricevere una canottiera di lana con le maniche lunghe e delle scarpe perché era quanto serviva e quanto possibile, non era affascinante da raccontare e non arrivava a far tirar fuori neanche cinque dita.

Forse è lì che ho iniziato a dire cazzate a regola d'arte; mi facevo prestare dei giochi (ricordo i " Mio mini pony" ad esempio) dalle mie vicine di casa, li portavo a scuola dopo averli elencati come regali di Natale e poi facevo lo stesso giochetto facendomi prestare dalle compagne di classe quelli che avrei spacciato per miei con le vicine di casa. Ero un po' arrabbiata con mia madre per questo, mi rendevo conto che non fossimo poveri e quindi non riuscivo a capire. Ricordo papà che prelevava al bancomat e mi chiedevo perché se aveva quella tessera stupefacente che faceva uscire i soldi dalla fessura di un palazzo non ne prendesse di più.

Una sera dell'Epifania, ero nella mia stanza e me ne stavo sul letto come ancora oggi faccio quando sono arrabbiata, triste o quando voglio attirare l'attenzione (così come ha sempre fatto mia madre ora che ci penso). Mamma entrò e si sedette accanto a me. «Volevo aspettare domani, ma forse ti farà più felice adesso.» Non l'aveva neanche incartata e me la diede in mano così com'era. Una bellissima bambolina, Cuorecaldo si chiamava, con i capelli di lana blu e un ciondolo a forma di cuore con lo spazio dentro per una fotografia. Credo che l'abbia vista tutta la scuola il giorno dopo, fosse stato per me l'avrei anche iscritta per averla come compagna di banco. E non me ne importò niente di dire che avevo ricevuto solo quella perché era talmente potente che poteva bastare anche per tre Natali a seguire!

Lo racconto perché mi commuove sempre, fa parte di quei momenti che non cambiano mai d'intensità nella vita e che anche solo a ripensarli ti scuotono lo stesso identico sentimento.

Oggi riesco a riconoscere il periodo attraversato dalla mia famiglia in quegli anni, soprattutto quando oggi, in alcuni momenti e per brevi periodi, riusciamo a stare tutti nella casa in cui siamo cresciuti insieme alle rispettive famiglie, cioè, le famiglie dei miei fratelli. Natale è stato il primo frontale con la realtà, il momento in cui capisci che non puoi avere tutto, perché quando sei piccolo non lo sai. Mi sento un po' in colpa a lasciare la mia famiglia il 26 dicembre mattina quest'anno, non ho mai molto tempo per stare con loro e penso che non la prenderanno benissimo. La parola "lavoro" detta a loro è come il cartellino rosso di un arbitro. Riesce a farli zittire immediatamente, del resto la responsabilità che impiego in ciò che faccio l'ho ereditata proprio da loro. E a proposito di sensi di colpa, questo sarà un viaggio catartico, prevedo che già alla stazione di Salerno il rimorso di quell'unica notte con Cribbio sarà assorbito da tre ore di prove di espressioni del viso da donna fedele. Dovrò essere prontissima per quando mi chiederai com'è andata l'attesa… magari trovo un tutorial su youtube cercando la voce "come dissimulare un tradimento".

Tu alla fine hai deciso di trascorrere il Natale con quello che a Roma resta della tua famiglia, una sorella di dieci anni più grande di te e la sua famiglia, separata anche quella. Ci siamo scambiati gli auguri la sera della vigilia e quando ti ho scritto che avrei voluto essere lì per distrarti dalla noia che ti stava divorando mi hai risposto che se fossi stata lì avremo passato più tempo nascosti in bagno a baciarci che vicino all'albero di Natale. Non era la cosa più romantica che mi avessero mai detto ma mi aveva fatto arrossire.

È incredibile, il termometro in macchina di mio fratello segna 16° e sono soltanto le sette del mattino. Lui e papà hanno deciso di accompagnarmi insieme. È sempre doloroso lasciare casa, abbracciare mia madre e annusarla più forte che posso, regredire di trent'anni in quella posizione e poi staccarmene e sentirmi sola e in balia degli eventi in un attimo. La mia gattina dorme ancora acciambellata sotto le coperte nella cuccia, fa appena in tempo a lanciarmi uno sguardo languido e colpevolizzante come solo lei sa fare. Questa volta la consapevolezza di quanto accadrà quella stessa sera mi fa trattenere le lacrime. Mi sono svegliata sotto shock alle 5:00, sapendo che quello era il giorno che aspettavo da tre mesi e che sarebbe durato tantissimo. Arrivati alla stazione papà mi accompagna sul treno, anche se la valigia la porto da sola, a lui risulta più pesante di quanto non lo sia per me. Mi saluta parando le mie eccessive effusioni che ormai sembrano quelle indirizzate a un bimbo e poi se ne va. Ed io piango per i successivi venti minuti senza emettere suono. È triste non avere il diritto di vedere invecchiare i propri genitori gradualmente e di pensare che, qualsiasi cosa accada non potrai essere a casa in meno di 8 ore, sembrano così tante, troppe.

Metto la musica nelle orecchie, il treno parte mi faccio il segno della croce e raccomando a Dio l'intera giornata. Ho preso una pillola per non vomitare e del Lexotan per tenere a bada una divorante tachicardia da innamoramento. Oggi mi sudano le mani per la terza volta nella vita e sinceramente non ricordo le due precedenti ma è imbarazzante e mi dà fastidio e spero passi prima di stasera. È ufficiale: sto morendo.

Mentre il viaggio scorre dal sud al centro non guardo mai fuori dal finestrino, se posso chiudo gli occhi e anche le tendine, al contrario di quando arrivo in Calabria che già da Praja prendo la valigia e la metto vicino l'uscita e mi appiccico alla porta per vedere ogni immagine familiare, anche quando è buio ed è possibile riconoscere solo le piccole stazioni. Diamante, Capo Bonifati, Belvedere marittimo, Cetraro, Guardia, Fuscaldo, Paola.

Per un emigrante ricordare questa sequenza è come ricordare la formazione dei mondiali dell"82. Invece penso a te, con gli occhi chiusi coperti dalle mani anche a nascondere quel sorriso che mi scappa ogni volta che immagino stasera, tra meno di dodici ore ormai, sarò completamente pazza, completamente tua. Inutile dire che è come se quel viaggio fosse durato un istante, fino a Napoli sole meraviglioso, a Roma poche e innocenti nuvole ma una temperatura degna di una primavera. Ancora in stazione ti scrivo il primo messaggio: "Finalmente nella stessa città".

È il 26 di dicembre, a Roma poche anime e tanti taxi disponibili, ne prendo uno ed è quello sbagliato perché se è vero che i romani sono simpaticissimi, se becchi quello convinto di esserlo e che si sbaglia è proprio un guaio. Per tutto il tempo mi asfissia con battute alle quali ride da solo salvo poi continuare con la frase a ripetizione "Tu mi tratti male però eh!? Tu mi tratti male!" che è una roba che detesto senza riserve! Non ti tratto male, ti odio perché non fai ridere niente, lo capisci? Ma è una giornata troppo speciale e quest'ultima sincerità la tengo per me. Saluto la sua orrenda compagnia che tra l'altro mi costa ben venti euro e vado incontro al meccanico che abita nel mio palazzo e che mi aspetta sotto casa con le chiavi della macchina e che di euro me ne chiede solo trenta dopo avermi fatto un'ottima messa a punto.

È tutto perfetto, un tempismo inaudito. Su in casa c'è la mia compagna di casa che già ha predisposto tutto quel che occorre per una ceretta che renderà le mie gambe dei perfetti chupa chups. Ma bisogna ottimizzare ogni minuto ed è per questo che faccio sparire sopracciglia in eccesso e baffetti mentre scorre l'acqua per riempire la vasca.

Roma è uno spettacolo di luce e tepore ed io canto, come immaginavo da secoli di fare "Roma nun fa la stupida stasera". Le telefonate delle mie amiche stanno diventando un'ossessione, la maggior parte di queste iniziano con qualcuna che urla al telefono "Come ti seeenti?" Io ovviamente esagero e dico di stare malissimo per sentirmi dire che andrà tutto benissimo e altre urla isteriche con richiesta di dettagli sull'abbigliamento e tutto il resto. Mentre la mia inquilina fa di me una donna liscissima, arriva la tua telefonata. «Che stai facendo?» Cerco di pensare a qualcosa di dignitoso da rispondere «Sto... preparando un uovo. In camicia!»

«Ma mangi a quest'ora?»

«No! È che hanno una procedura particolare che sto seguendo su un libro che mi hanno regalato a Natale»

«Un libro sulle uova in camicia...»

«E anche su altre uova... ovvio... »

«Ok... senti volevo chiederti se sei d'accordo... (ecco che mi dice di non vederci mai più) è che sono stato a fare un sopralluogo a Piazza Navona ed è veramente troppo affollata... pensavo, ti andrebbe bene la Piazzetta di Monti?»

«Ma certo» dico io bugiarda pensando che non ho idea di come arrivarci e che mi toccherà prendere l'ennesimo taxi, "favoloso, adoro!".

«Bene, facciamo alle 18.30?»

«Facciamo alle 19?»

«Basta che non fai tardi!»

«Io sono sempre puntualissima, fidati!» Attacco, saltello di gioia come ogni volta che ricevo un tuo contatto e sento il bisogno di vomitare anche l'uovo in camicia che ho inventato.

Non si può provare tanta roba tutta insieme.

Ti fanno male le dita, ti cambia il respiro, il modo di camminare, di parlare. È una felicità sublime e indescrivibile, quasi trabocca di commozione dagli occhi, così tanto da vederci appannato. Una cosa che se si potesse provare tutti i giorni, la vita media si abbasserebbe a quarant'anni perché e troppa cosa e nessun cuore reggerebbe più a lungo.

Mi curo pezzo per pezzo, compongo la mia figura allo specchio dai capelli, alle mani, al viso, la schiena. Quando mi guardo oggi, mi vedo bella, come per tre mesi avrei voluto essere in quel momento. Sorrido, sento il pianto che sale, riprendo fiato e ti penso, guardo le tue foto e penso che toccherò quelle mani belle e mi fa male la pancia da morire.

Mancano quaranta minuti a quel momento che ora quasi vorrei non arrivasse mai perché questa emozione è così grande che vorrei trattenerla e non disperderla mai. Le mie insicurezze di ogni giorno svaniscono davanti al mio riflesso, una donna bella. Oggi sono proprio bella. Chiamo il taxi e come da copione becco il ragazzetto alle prime armi che non sa come raggiungere la mia meta ma non mi importa e di tutta risposta gli chiedo di guardarmi e dirmi cosa ne pensa di me. Specifico… «Ora che mi vede dal vivo per la prima volta,cosa ne pensa di me?». Lui ovviamente non capisce, pensa che sia una ninfomane o qualcosa così e diventa fucsia mentre telefona a un collega esperto per farsi spiegare la strada.

Nel tragitto però ho il tempo di spiegargli tutto, siamo a Roma il giorno dopo Natale e c'è un traffico scatenato e felice. Di tutta risposta lui mi fa fumare una sigaretta e ne accende una anche per sé, tanto abbiamo le gomme da masticare per cancellare le tracce dall'alito. Mi dice «Se me permette signorì, 'sto giovanotto stasera ha fatto tredici e ancora non lo sa!» Mentre sono al telefono con la mia amica Elli che sembra impazzita all'idea che quel momento sia arrivato, il tassista in erba spara due fucilate nell'abitacolo: 1) siamo 2) arrivati.

Oggi abbiamo regalato un miliardo a Radiotaxi 3570 ma l'unica cosa che cerco con lo sguardo sono gli specchietti non il tassametro che sembra un flipper in tilt. Quando il tassista dice "siamo arrivati" desidero liquefarmi.

«È lì, devi fare venti metri a piedi e la trovi sulla sinistra la tua piazzetta.»

E adesso. Saluto Elli che continua a urlare cose tipo in bocca al lupo, merda, in culo alla balena, neanche fossi un'attrice, e scendo dalla macchina.

Scende anche il mio amico taxidriver al quale chiedo di darmi un'ultima occhiata. «Sei nà favola Beatrì, sei a favola de a fine der monno!» A 'sti prezzi! Lo abbraccio, lo ringrazio, gli pago la corsa, gli lascio la mancia e lo guardo ripartire. Dov'è finita la mia camminata sicura che mi fa sembrare uno scudiscio e che prende a sberle gli uomini? Procedo lenta, cerco disperatamente superfici riflettenti a cui chiedere un ultimo verdetto.

Ci siamo, giro l'angolo e lui sarà lì? Sono in dieci

minuti d'anticipo, no, sette ma non voglio arrivare prima di lui. Lo riconoscerò? Quale sarà la nostra prima parola? Guardo in cielo verso le luci colorate, respiro e invoco il fantasma del Natale presente, passato, futuro, futuro anteriore, i Maya, gli Aztechi, tutto.

Tremo, mi fermo prima di girare l'angolo e decido di chiamarlo per capire dove si trova, per non arrivare prima. Tremo ancora, squilla... una volta, due volte (ecco mi dà buca non verrà) tre volt... «Pronto?!» ma io quel pronto lo sento anche nell'aria intorno a me, in differita di pochi nano secondi che però percepisco e mi scuote come un tuono senza lampo.

Alzo gli occhi e vedo a otto metri da me un ragazzo con le gambe lunghe, degli orrendi jeans chiari sotto un cappotto tre quarti scuro e delle scarpe nere. Tiene il telefono con la mano sinistra, sorride con ogni bellissimo dente e la bocca aperta e dice, «dove sei? Io sono arrivato.»

Non riesco a dire nient'altro che «sinistra.»

«Come?»

«Guarda a sinistra.»

Lui si volta, abbassa il telefono ed io faccio appena in tempo a sentire: «Eccola» e a leggerglielo sulle labbra.

Ci veniamo incontro, lui cammina più veloce di me, tradisce tanta emozione al punto da risultare un po' impacciato.

Ci abbracciamo, muoio.

Ci stringiamo imbarazzati e non penso nulla di ciò che pensavo avrei pensato in quel momento.

Avevo immaginato ci saremmo ritrovati sulla panchina, che lui sarebbe arrivato pochi minuti dopo di me, che mi avrebbe baciato la mano e guardata negli occhi e senza dire nulla ci saremo baciati. E invece l'ho intercettato prima di arrivare alla famosa panchina, lo tengo tra le braccia come lo stessi passando a uno scanner di aeroporto e mi sento come fossi sottacqua.

Non ci baciamo ma ci abbracciamo, ci stacchiamo, ci guardiamo, ci diciamo una cosa, ancora una volta non è quella che avevo immaginato, e ci riabbracciamo.

È alto. «Ammazza, dal vivo sei una figa pazzesca! Meglio che in video, meglio che in foto!». In effetti ha la faccia di uno che ha fatto tredici, come aveva detto il tassista.

La prima paura, dunque, l'ho fucilata via. La più importante forse, quella di vedergli arricciare il naso vedendomi per la prima volta. Questo perché l'ho sempre immaginato con delle donne pazzesche (compresa la sua benedetta ex) e invece ora parla di me e mi guarda ammirato ed io penso: ho speso proprio bene questi ultimi 600 euro! Odio il fatto di arrossire, mi fa sembrare una campagnola che per altri aspetti invidio parecchio.

Non nego di essere rimasta un po' delusa dal suo outfit, sembra poco selezionato, privo di qualsiasi sforzo di fantasia. Ma quello a cui faccio più attenzione è il fatto che, nonostante sia profumato e in ordine, mi sembra non abbia lavato i capelli. Ma ti pare? Anche un clochard mi avrebbe dedicato uno shampoo dopo tre mesi di preliminari! Lo giustifico pensando che forse il suo idraulico è morto, proprio sotto Natale, una vera tragedia, dedico un fugace pensiero alla famiglia del poveretto, assolvo lui e torno a compiacermi pensando che lui potrà dire di tutto un giorno di quell'incontro, ma non che non avesse davanti una bambolina in forma smagliante, anzi, scintillante, scintillante è il termine esatto.

Roma è alla temperatura perfetta, incredibilmente è il 26 dicembre e ci sono 15°, un miracolo! Dopo tante indecisioni, il calore inaspettato e fuori stagione di quella sera mi ha permesso di indossare il capo d'abbigliamento che in assoluto mi rappresenta di più e mi fa sentire a mio agio: il mio giubbotto di pelle nera. Qualsiasi altra giacca invernale mi avrebbe fatta sentire goffa, ma lei no. Il giubbotto per eccellenza, mi dava quel certo non so che di ragazza cattiva e sembrava il punto esclamativo alla parola "amami!"

Cerco di mantenere la calma e di demolirlo ai miei occhi (che puerile tentativo di difendermi da morte certa!). La pressione dagli occhi scende e pian piano inizio a vederlo per quello che è. Anima mia, sembra di non aver sbagliato di una virgola, il suo tono di voce è quello dei principi dei film per ragazzi.

Mi sento Fantaghirò, guerriera della mia infanzia felice. Mi dice che prenderemo, se mi va, qualcosa da bere in un locale che dei suoi amici gli hanno consigliato e non capisce che, anche se mi avesse detto qualcosa del tipo "andiamo in un porcile a mettere le dita nel naso ai porci", io lo avrei seguito sorridente senza fiatare.

Il posto è così carino, e lui sorride così tanto... in effetti ha una pessima camminata, ricorda le imitazioni di Pippo Baudo le poche volte che si allontana da me abbastanza da lasciarsi guardare. Tiene le mani in tasca e fa i passi lunghi e larghi, è nervoso, si vede. Entriamo in questo locale delizioso e decidiamo di sederci uno di fronte all'altra adattandoci all'arredamento volutamente sconnesso. Tra cuscini sul pavimento e poltrone di varie forme e colori scegliamo una specie di corridoio che affaccia su una sala libreria/esposizione.

Dove siamo è una zona di passaggio che porta a una sala più grande dove c'è anche un letto. Ci sediamo su una seggiola di legno io, e uno sgabello cialtrone lui che non riesce a prender pace nel tentativo di regolare l'altezza.

Da questa posizione noto anche il suo rossore convulso su un'unica guancia, simbolo ormai del suo palese imbarazzo.

Ci leviamo le giacche e le gettiamo a terra in un angolo come se non ci appartenessero e parliamo di cosa bere. Immediatamente l'inquietudine ci fa alzare e insieme andiamo dritti al bar, sembriamo due bimbi scemi.

Ci appoggiamo al bancone e il nostro entusiasmo infastidisce il barman che non ci caga per niente e ci dà consigli inutili palesando di non voler essere collaborativo. Iniziamo a leggere le proposte sulla lavagnetta lì in alto a destra, mentre lo facciamo mi accoglie i fianchi con il suo braccio e mi tiene appoggiata a lui con parte della schiena e ce ne stiamo in quella posizione più del dovuto. Mi racconto che è perché siamo talmente perfetti che forse in principio eravamo siamesi che sono poi stati separati alla nascita, lui spedito in Inghilterra, io rimasta in Italia e da qui si spiegherebbe anche il mio straordinario gusto nel vestire e il suo assente senso del glam. Alla fine decide di prendere uno schifo di cui non avremo mai più ricordato il nome ed io un bicchiere di vino bianco assolutamente perfetto ma neanche di quello ricordo il nome, forse era un Vermentino, ma non me ne importava talmente nulla che per quanto ne so avrei tranquillamente potuto trangugiare Oki in bottiglia tutta la notte.

Ci rimettiamo seduti senza più nessun alibi, dobbiamo affrontarci adesso. Io e lui. Serpe e Bea a poche decine di centimetri di distanza. Le nostre mani le teniamo ognuno per sé, unite, strofinandole, gesticolando più di quanto ne avremmo bisogno. Seguendo loro avremmo seguito il filo d'Arianna attraverso i meandri del nostro primo straordinario contatto fisico. A volte finiamo una frase con un leggero tocco sulla gamba dell'altro, entrambi giochiamo con il bicchiere.

È così difficile spiegare quanto stesse accadendo.

Sorridiamo tanto e ci guardiamo attraversandoci. I nostri occhi si piacciono parecchio, è simpatico e mi fai ridere, è palese il suo sforzo di trangugiare lo schifo che ha scelto di bere ed io lo prendo in giro per questo, al punto che finge di faci i gargarismi e mi fa ridere e si accorge che funziona e lo rifà come quando capisci come far ridere un bimbo di pochi mesi e non fai altro finché non si stanca. A volte restiamo in silenzio, sorridiamo e distogliamo lo sguardo.

Parliamo di noi sfiorando appena argomenti che non siano leggeri ma è evidente che abbiamo voglia di volare e basta. Il vino scende e quando finisce mi propongo di andare a prenderne dell'altro, stavolta anche per lui. Beviamo il secondo giro, brindiamo, ridiamo tanto e ci guardiamo come non mi era mai successo con nessuno di guardarmi, come flussi protonici, come ci fossero tra noi tende di seta rosse mosse dal vento. Inizia uno stato di trance, e ci accarezziamo le mani, parliamo, ridiamo ancora e mi racconta cose, mi mostra orgoglioso la ferita del morso del piranha, un'orrenda cicatrice sull'indice sinistro, racconta dettagli come un marines. Gli tocco le mani con la scusa e sento di non farcela più. E sento che anche lui non ce la fai più.

Le nostre ginocchia sono calamitate e le carezze fugaci diventano piccole prese e poi tenaglie. Mi bacia le guance ogni volta che finiamo un argomento e si sentono i sospiri. I suoi, i miei... ogni volta che lo fa, mi si chiudono gli occhi e mi viene da piangere pensando a quante canzoni gli ho dedicato, quante ore ho impiegato a cercarle, a quanta musica ho affidato la mia malinconia di lui, a quanti artisti ho chiesto parole quando non ce le avevo. Quante notti con il freddo invernale ho pensato a lui guardando il cielo nero pensando che da lui fosse ancora giorno e che gli parlavo così forte nella mia mente che credevo mi potesse sentire, e a volte mi sentiva.

I baci si avvicinano alla bocca e le bocche parlano piano e si scambiano i respiri delle parole. L'unica differenza con l'emozione del mio primissimo bacio era che ora sapevo dove mettere il naso. Sembrava tutto al rallenty: mi prende il viso con la mano grande e la lascia scivolare dietro la nuca dandomi la direzione, gli occhi mettono a fuoco fino alla fine, prima di chiudersi nell'istante esatto in cui, finalmente, dopo oceani di distanza, ci scambiamo uno dei baci più lunghi della mia vita, di sicuro il più emozionante. Ha le labbra perfette, mentre le ho contro le mie mi sembra di aver vinto un premio, mi sento così eterea tra alcool, felicità commozione che quasi evaporo.

Tecnicamente non saprei dire come è stato, di solito

si dice di uno che bacia bene o che bacia male. Ma io e Serpe ci baciavamo perfettamente. Siamo seduti su due altezze diverse, scomodi come nessuno ma andiamo avanti. E le sue labbra sono come le ho sempre immaginate ed io un bacio non lo avevo mai desiderato tanto. Mai. La sua mano mi accarezza la schiena, l'altra mi tiene il fianco. Io gli tengo il viso piano con entrambe le mani. Sono sicura che chiunque ci stesse guardando in quel momento avrà pensato: "Quei due si baciano come due che sono stati lontani tre mesi, hanno fatto solo sesso virtuale e si incontrano stasera per la prima volta nella vita!" Esatto. Eravamo la visione più palese della parola passione.

Il vino fa la sua parte, devo dire la verità. Ho un sorriso ebete in faccia che non riesco a far sparire, ma neanche lui non scherza. È evidente che quel posto non ha nulla a che vedere con le nostre intenzioni. "Andiamo via", sono io che lo dico, non so in quale lingua. Lui mi chiede se andiamo da me perché è ospite a casa di parenti ed io rispondo che da me ci sono la mia inquilina e la sua amica che si ferma a dormire (e nella mia testa lancio siluri di odio fino a casa).

Andiamo in albergo rispondo, prendiamo il primo disponibile, fosse anche una bettola. Era l'unica soluzione. Anche perché manca poco a che ci facciamo l'amore addosso. Recuperiamo le giacche nell'angolo senza mai perdere lo sguardo dell'altro se non per alcuni istanti. In un momento siamo fuori, un po' barcollanti e parecchio bramosi, il contatto fisico si stringe. A Monti ci sono tanti piccoli alberghi sulla via principale, dopo tre metri ce n'è già uno e prima che dicesse "A" io ho citofonato. Al primo citofono non risponde nessuno, eppure sono solo le nove di sera. È lì che penso che è il 26 dicembre e che io e lui sembriamo i Giuseppe e Maria ritardatari che non trovano ricovero da nessuna parte. Rido da sola e lui mi chiede perché, non glielo dico. Ha voglia di ballare e in pochi metri ci scambiamo baci e sorrisi nella nostra Gerusalemme onnipotente. Ride per un albergo in lontananza che ha un nome promiscuo e squallido e dice di voler andare lì a tutti i costi e sembra un ragazzino delle medie. Grazie al cielo, prima di raggiungerlo, entrambi notiamo un enorme cane, palesemente anziano, un boxer, che ci guarda attraverso una porta a vetri.

Senza neanche dircelo ci avviciniamo ed io apro la porta per accarezzare quell'anziana e docile bestia. Un uomo straniero e altissimo è dietro il minuscolo banco della piccolissima reception a sinistra. Parla con un altro con i capelli bianchi. Serpe chiede al tipo dietro il banco se ci fossero camere disponibili e lui ci dice che ce ne sono ancora due a sessanta euro e che ce le avrebbe mostrate. «Grazie!» e ci sorridiamo ancora. Ci precede salendo una scala di legno ripida tipica delle costruzioni che si sviluppano in altezza. Al secondo piano ci ritroviamo di fronte una porta di legno con la scritta in corsivo su metallo "Michelangelo". «Restiamo qui!» si sbriga a dire dopo aver guardato dentro la stanza e dentro i miei occhi vedendoli brillare.

«Non volete vedere l'altra?»

«No, no grazie!» dice Serpe al canuto cercando di fare il vago come se non stesse per morire d'emozione anche lui come me. Ci lascia soli sul pianerottolo e lui mi fai il gesto ampio e galante che mi invita ad entrare. «Fai le cose perbene Serpe, prendimi in bracc...» Non faccio in tempo a finire che mi solleva come se non avessi un peso specifico e mi fa entrare tenendomi con braccia forti, scendendo i due gradini che davano accesso alla stanza e poggiandomi sul letto con la delicatezza di un vento caldo. Ho pochi istanti per guardarmi intorno ma non dimenticherò mai la posizione di ogni oggetto in quella stanza. Appena a destra della porta d'ingresso c'era una antica mensola con sopra uno specchio ovale decorato con foglie dorate tutto intorno, le gambe della mensola erano arcuate ed incise, di fronte la porta c'era un armadio i legno anche lui con le gambe storte. Scommetto che se lo avessimo aperto sarebbe venuto fuori l'odore che lasciano gli antitarme e che noi attribuiamo alle case dei nonni. Continuando verso sinistra, c'era la porta del bagno e continuando ancora c'era lo spettacolo per eccellenza: una altissima finestra con le tende di velluto bordeaux, enormi legate ai lati. Al centro i vetri erano scoperti e lasciavano entrare un enorme fascio di luce calda e gialla, affacciandosi c'erano le luci degli addobbi natalizi a intermittenza, fascio che illuminava il letto, il nostro letto con la coperta rossa, le lenzuola bianchissime e due enormi cuscini gonfi.

Era tutto assolutamente perfetto, tutto mio e suo.

Che strana felicità quella... la felicità forse non c'entra nulla, non mi soddisfa come termine, ne dovrei inventare uno a parte per descrivere quanto vissuto quella notte.

Mentre ci baciavamo sul letto come solo Brook e Ridge sanno fare quando parte la musichetta sax in Beautiful, non distinguevo dove iniziassi io e finisse lui. Gli chiedo di aspettare un attimo e mi alzo da quell'Eden, mi avvicino alla specchiera per togliermi la giacca.

Serpe non riesce a starmi lontano e mi raggiunge immediatamente per aiutarmi farlo. Eccola riflessa, la prima immagine di noi due vicinissimi. Belli. Perfetti. Prima che riesca a voltarmi le sue mani arrivano da sotto il vestitino al bordo dei collant. Sarebbe stato di sicuro più sexy indossare delle autoreggenti ma non avrei voluto dare l'impressione di un pezzo di carne appeso in una macelleria quindi avevo deciso per un dettaglio più casual e più naturale per il mese di dicembre. Pensa se non mi fosse piaciuto quanto mi sarei sentita cretina in fuga con quelle cose che ti lasciano il segno rosso intorno alla coscia e che rallentano la circolazione. Ad ogni modo, i collant arrivano giù in un attimo e con loro sfila gli stivaletti rivelandomi nel mio metro e sessantatré a cui non sembra far caso.

Deve essere alto almeno un metro e ottantacinque centimetri!

Mi prende dai fianchi e mi solleva facendomi sedere sulla specchiera e ora sono io che aiuto lui a spogliarsi. Insieme togliamo il suo orrendo maglione, noto che si lancia occhiate compiaciute allo specchio mentre gli sbottono la camicia e gli mangio man mano ogni lembo di pelle che resta scoperto. Mi tiene il viso tra le mani, e mi bacia a fondo, si divincola con le spalle e le braccia per liberarsi definitivamente dall'impiccio che indossa. Ha le mie gambe intorno ai fianchi che lo tengono vicinissimo.

Non ho mai toccato una pelle così liscia, così di marmo. Le sue braccia sono definite e mi fanno sentire fragile al cospetto della loro sfacciata potenza.

Gli slaccio la cinta dei pantaloni in un lampo ma deve aiutarmi con il bottone del jeans perché proprio non riesco, saranno le mani che tremano, sarà che tremo tutta, sarà che i suoi baci mi strattonano, che è tanto più grande di me.

Rallentiamo di colpo, forse entrambi ricordiamo una promessa fatta mesi prima... "se dovessimo mai fare l'amore, nel momento in cui saremo uniti per la prima volta, nel momento in cui entrerò dentro te per la prima volta, vorrò guardarti negli occhi". Ci fermiamo quasi, accenno un inutile tentativo di sistemarmi la chioma mentre mi fa voltare di schiena. Ci guardiamo di nuovo allo specchio e mi sposti i capelli dal collo per scoprirne un lato. Mi bacia mentre le sue mani afferrano l'estremità del vestito e lo tirano verso l'alto.

Guardo questa immagine allo specchio, sono compiaciuta. Il mio corpo è lucente di desiderio, ho i capelli sciolti che mi sfiorano appena il seno, resto solo con uno slip grigio e pregiato e lui è dietro di me con il dorso più abbagliante di qualsiasi Big Jim. Che belli. Ce ne rendiamo conto entrambi, siamo estasiati. Abbiamo aspettato così tanto questo momento che temiamo di sciuparlo. Mi prende per mano indietreggiando per guardarmi. Lo aiuto a togliere i pantaloni, le sue scarpe e le calze le ha già scaraventate chissà dove, come e quando. I suoi boxer li ricordo appena, forse perché li ha tenuti solo qualche secondo ancora per poi sedersi.

Sono in piedi davanti a lui, mi sento così bella… ci teniamo una mano soltanto e ci guardiamo. È così emozionato che sorridi e si copre gli occhi, mi dice che non è possibile, che sono bellissima. S ed io non mi concentro invece temo di piangere dall'emozione. È tutto troppo forte, mi pare di svenire. Non è un caso che mi sposta leggermente di lato per fare in modo che il fascio di luce che proviene dalla finestra illumini in diagonale metà del mio corpo. "Tutta" mi dice, perché vuole vedermi tutta nuda.

Le sue dita lunghe e delicate che per mesi ho visto solo in foto si insinuano nel mio slip e mi danno la scossa elettrica del secolo. Non mi risparmia neanche un brivido e le sento scendere insieme alla stoffa setosa dello slip lungo i glutei, le cosce, i lati delle ginocchia, i polpacci, le caviglie e mi tocca sollevare un piede, poi l'altro per sfilare via il mio intimo. Il pavimento è di legno, ne sento il calore, il rumore antico quasi impercettibile. «Girati, ti scongiuro Bea».

Ora mi vergogno un po', ma nella notte perfetta mi

sforzo di non fare esistere la vergogna e lo faccio, forte di tre mesi di danza intensiva che avrebbero scolpito chiunque. Immagino la mia schiena bianca illuminata da quella luce, lo sento trasalire, invocare Dio in una lingua diversa... è il momento. Mi volto. Nudo è ancora più bello di quanto immaginassi, mi trae a sé, prima sopra di lui e immediatamente dopo, con un solo braccio mi appoggia con la schiena sul letto e si stende su me. Si appoggia su un gomito, con l'altra mano mi mette i capelli in ordine con dolcezza infinita. Gli brillano gli occhi e sono sicura che anche i miei riflettono, abbiamo lo stesso colore di occhi io e Serpe, che meraviglia vederli così da vicino.

«Sei pronta?»

«Sono pronta.»

Gli occhi si stringono, lo sento entrarmi completamente nel corpo, nello sguardo, nella testa, nell'anima. Insieme sospiriamo, quasi per dire grazie. Un'invasione infinita, un flusso continuo, un movimento perfetto. I baci tutto il tempo, il caldo a dicembre, le lenzuola bianche umide dei nostri corpi. I cuscini ostaggi, usati come silenziatori, come presa per le morse delle nostre mani, della mia bocca, come supporti a decine di spostamenti. Passione dolcissima e poi feroce per scontare gelosie, solitudini e mancanze.

Non amerò mai più così è il pensiero che mi si ripropone ma che riesco puntualmente a fugare per godermi quel momento effettivamente irripetibile. Per una volta non voglio paranoie, non voglio chiedermi come sarà quando il sole illuminerà il 27 dicembre che vorrei non arrivasse mai.

Mentre facciamo l'amore, la notte più magica dell'anno ci regala anche un temporale spettacolare. Lo sentiamo dalla nostra piccola casa per un giorno; diciamo che è bellissimo ma forse non parlavamo di quello. Alle luci di Natale si aggiungono i flash dei lampi e il rumore di tuoni portentosi che sembrano voler imitare la sua veemenza. Il momento più importante, il culmine di questo meraviglioso delirio arriva per entrambi nello stesso momento, mentre ci stiamo baciando al punto che quasi potrebbe ingoiarmi, e lo lascia sfinito dentro me, sopra di me che ti abbraccio all'apice di ogni possibile gioia. Ci addormentiamo così per qualche minuto, forse una decina. Mi sveglia la sua voce che, come quella di un bimbo mi sussurra nel dormiveglia "Ho fame". Ed io lo amo così tanto che vorrei fosse mio figlio.

Dieci minuti più tardi, nella notte perfetta usciamo dall'albergo con l'ombrellino che tenevo in borsa e che serviva appena per non fare entrambi un tuffo nel temporale. Ci tenevamo abbracciati e cercavamo di non finire in enormi pozzanghere camminando, saltellando di qua e di là in cerca di qualcuno che vendesse ancora qualcosa da mangiare.

L'unica bettola che troviamo aperta era presuntuosa al punto da proporre un menù che comprendesse qualsiasi cosa, dalla pizza all'aragosta. Io inizio ad avvertire la stanchezza di questa giornata infinita iniziata in un'altra città quasi diciotto ore prima, lui ordina una bistecca per ricaricarsi. Avrò mangiato in tutto quattro patate al forno, non sarei riuscita a mandar giù nient'altro.

Parliamo un po' di famiglia, di concezione della famiglia. Rieccoci su due emisferi opposti e contrastanti. Lui probabilmente non ha radici neanche sotto i denti ed io sono ancorata alla mia famiglia con cuore e testa. Evito di raccontargli quanto creda nel matrimonio e che per essere sinceri mi piacerebbe sposare lui, anche fra cinque minuti se fosse possibile. È seduto di fronte a me ed io lo vedo anche lì fluttuare come una nuvola, non è fermo neanche quando si ferma, neanche per un attimo, neanche ora che il suo sguardo si divide tra me e la bistecca che sta divorando con grande concentrazione.

Non ho fame, sono smaniosa, star seduta diventa una punizione e non vedo l'ora di uscire. Non è quella che definirei 'cena romantica' ha più l'aria di un rifornimento al pit-stop. E infatti usciamo in fretta. Lì dentro Serpe era diverso, non saprei dire perché ma lo preferisco qui fuori. Mi dice che vuole una sigaretta ma sembriamo due licantropi, in giro non c'è nessuno, l'unica forma di vita arriva da un circolo con la porta aperta e democraticamente decidiamo che sarò io a entrare a chiederne una. Ci vuole poco a convincere il tizio alla cassa mentre lui aspetta fuori ed io esco trionfante neanche gli stessi portando in braccio suo figlio per la prima volta. «Rientriamo a casa?» dice scherzando. Il tragitto non è lungo, è solo tutto bagnato e pieno di pozzanghere e ci permette di ridere ancora.

Arrivati in albergo, all'ingresso hanno piazzato un ragazzo di colore un po' nervoso e assonnato. Gli chiediamo se ha da accendere ma lui dice che non si può fumare dentro e di andare in terrazza, all'ultimo piano. A quel punto gli chiediamo in prestito l'accendino e lui dice che ogni volta che ha prestato l'accendino non gli è mai stato restituito. Inizio una di quelle scene madri che lo lascia sfinito, dopo due minuti, esasperato, mi fa accendere ma senza concedermi l'accendino e ci costringe a fare quattro rampe di scale ripidissime per andare a fumare la sigaretta in terrazza. Arrivati su con il fiatone, c'è un piccolo corridoio pieno di rami che accompagna metà del perimetro della terrazza e si apre su un posto che fa pensare a un eden metropolitano. Ci sono un sacco di piante, è piccolo e sembra in bilico, ma le luci di Natale, gli altri tetti così vicini e lo stupore ci catapultano di nuovo in quella dimensione di magia ed eccitazione che si era un po' diradata immediatamente fuori da lì. Dà due boccate alla sigaretta e mi tiene per mano in fronte a lui. Mi guarda, ce ne stiamo in silenzio per un po', il suo sguardo vira al nero adesso, i suoi occhi nocciola diventano di asfalto. Dopo poche boccate appoggia la sigaretta ancora accesa in basso, su uno dei vasi, dopo avermi chiesto se ho voglia di fare un tiro ed io rispondo di no. S'insinua nel mio "no" con la lingua prendendomi il viso tra le mani e baciandomi con la fame di chi non mangia da giorni. Continua a farlo anche mentre slaccia la cintura dei suoi pantaloni e con il suo corpo avanza verso il mio che indietreggia fino al muro più vicino.

Una mano di Serpe mi tiene il viso rivolto ancora verso la sua bocca l'altra m'intima di dargli le spalle. Inerme e piena di desiderio accetto passiva ogni movimento anche quando mi solleva la gonna e mi abbassa il collant e gli slip insieme.

Siamo su un tetto, il nostro tetto, e il cielo nero che ricomincia a piovere, prima poco, poi di più. In quello stato febbrile vedo ancora le luci degli addobbi che lampeggiano e i nostri capelli che si bagnano man mano che li accarezziamo. Ho freddo ma anche caldissimo, Serpe è crudele e dolcissimo e si muove come se fosse l'ultima volta della sua vita. Non ci sente nessuno, non ci vede nessuno, in quello spazio tra paradiso e inferno che non ha nulla a che fare con la banalità di un limbo.

È tutto. Stiamo facendo l'amore in piedi sotto un acquazzone, riparati solo da una tettoia troppo corta per salvarci. In un attimo mi rigira svuotandomi ma in un istante sono di nuovo piena di lui e di ogni suo movimento, mi solleva da terra, le mie gambe lo abbracciano e ci baciamo con le bocche bagnate e ci guardiamo con gli occhi bagnati. Si ferma, siamo esausti e mi guarda con gli occhi diversi di chi ha premura di una persona in difficoltà. «Andiamo a casa» ed io stordita lo seguo senza dire niente. Mi porta in bagno e mi asciuga i capelli con il phon mentre mi levo i vestiti di dosso.

Mi rimette a letto con cura e poi va in bagno a sistemarsi. Mentre sento funzionare il phon mi guardo intorno e mi chiedo come mi sentirei se quella fosse la normalità, io che aspetto a letto mentre Serpe è in bagno che fa la doccia, mentre aspetto il suo ritorno dal lavoro, mentre aspetto lui. Aspettarlo è già la cosa che mi riesce decisamente meglio, per tre mesi non ho fatto altro (tranne una piccolissima variazione sul tema ovvio). Mi chiedo se la frase "ti aspetterò per sempre" sia plausibile, mi rispondo di no. Intanto ho già una gran voglia che quella porta si apra e che lui torni immediatamente accanto a me. In effetti non devo aspettare molto, all'improvviso arriva nella stanza a dorso nudo in controluce al vapore della doccia che gli si alza dietro come una nube e che mi fa venir voglia di ululare come nel video di Thriller. E invece faccio finta di esser rapita quasi dal sonno e mi dimostro indifesa sperando nell'ennesimo attacco. Serpe si sdraia accanto a me, rilassato e profumatissimo.

Non diciamo niente per qualche minuto e ci teniamo la mano. Visti dall'alto potremmo sembrare Jim Carrey e Kate Winslet nella locandina del film Eternal Sunshine of the Spotless Mind. «Ci sono stati dei momenti in cui mi sono sentito al sicuro tramite le canzoni che postavi in bacheca per me» ed io emozionata mi avvicino di più e gli chiedo «Esempio please,»

«Ce n'era una in particolare che avrò ascoltato decine di volte, anche consecutive... quella su Roma, l'ho amata tantissimo... mi manchi tu... la fantasia... il cinema... l'estate indiana...»

«Aspetta...» mi alzo imbalsamata in un lembo di lenzuolo, mi allungo più che posso per arrivare alla borsa e prendo il cellulare. Lui ride emozionato e si copre gli occhi «Sei pazza?! Mi vuoi registrare?»

«Non sono così pazza, aspetta ti dico» mi collego a Youtube e la trovo, Piangi Roma dei Baustelle, la faccio partire, parte. Mi viene davvero da piangere adesso e non ho il coraggio di confessargli quante volte l'ho ascoltata anche io. È un bel video, lo guardiamo insieme e cerchiamo di cantarla. In alcuni momenti ci riesce ma il testo è fitto e facile da sbagliare e in quei momenti ridiamo.

Nel frattempo io mi sono distesa su di lui con la schiena come fosse il mio materasso e tengo su il telefono insieme a lui che ogni tanto lo sposta per vedere meglio. Mi canta i pezzi che conosce meglio a squarciagola nell'orecchio ed è stonato come una persona che finge di stonare. Finita la nostra performance, gli chiedo cosa voglia sentire. Le sue proposte riguardano pezzi stranieri «Dovresti cantarmi qualcosa in italiano per onorare la tua mezza patria e il tuo ritorno.»

«Non conosco molti pezzi in italiano»

«E allora cantami Volare, Nel blu dipinto di blu, vai!» «Me ne devi chiedere una»

«È una, è il titolo dello stesso brano, in realtà la canzone si chiama Nel blu dipinto di blu ma tutti la chiamano Volare come il ritornello» La sua faccia è perplessa e lui fa l'indifferente.

«Conosci *Volare* Serpe, ovviamente...»,

«A quell'età vivevo in Inghilterra... me la ricordo appena»

«Serpe, quale età? Volare non c'entra niente con l'età, è come l'inno nazionale! O la sai o non la sai, e nel secondo caso non sei italiano!» Niente... faccia ebete. Lo aiuto. «Penso che un sogno così...» Il vuoto.

«Poi d'improvviso venivo...»

E lui «Quatto, quatto?»,

«Ma come può una canzone simbolo di un paese secondo te contenere la parola 'quatto'? Sono andata a letto con uno straniero… se lo sapesse mio padre!» Lo prendo in giro tantissimo e ridiamo di questa assurdità, come si fa a non conoscere quella canzone? La sanno anche gli americani di Broccolino, forse soprattutto loro. Gliela faccio ascoltare ancora sul cellulare e lui ripete le ultime lettere di ogni frase mentre io lo prendo in giro e rido e lui ne approfitta per finire di nuovo nel mio corpo e restarci fino allo sfinimento.

Per tutta la notte abbiamo dormito abbracciatissimi, io mi giravo, lui con me e viceversa. Mi sono svegliata molto presto e il mio mal di testa era talmente lancinante che avevo paura di vomitare. Non volevo che se ne accorgesse e biascicando accusai la voglia di caffè per defilarmi e andare a elemosinare un bicchiere d'acqua per far fare un tuffo al mio fedele inseparabile amico Oki. Vado anche alla reception e pago la nostra camera.

Non so perché l'ho fatto, da donna del sud apprezzo ancora gli uomini galanti e forse proprio per questo il terrore che lui possa chiedermi di dividere la spesa mi fa decidere di spazzare via ogni imbarazzo. La cena la sera prima l'aveva pagata lui, mi era sembrato giusto contraccambiare la cortesia. Gli ho portato anche la colazione a letto mentre era ancora immerso nel sonno, gli ho detto che avremmo dovuto lasciare la stanza al massimo per le 11.30 come mi avevano detto di sotto ed erano passate da poco le dieci. Sembrava aver gradito particolarmente il pensiero, si mette seduto sul letto, con una mano addenta il croissant di gomma, con l'altra mi perquisisce e mi spoglia distrattamente come fosse un tic.

Io avrei bisogno di restare immobile per almeno venti minuti, ogni movimento del mio corpo fa muovere l'enorme palla di piombo chiodata che mi vaga dal collo alle tempie accendendo l'attacco di cervicale più potente dell'anno che sta per finire.

Mi sforzo di sorridere, ogni suo morso mi provoca un senso di nausea che stento a trattenere. Lui chiacchiera e mangia, beve il succo d'arancia ed io odio il giorno che segue a una notte che non aveva alcun diritto di finire. Sembra il 7 di gennaio, quando devi disfare l'albero e tornare a scuola. La stanza intorno e cosparsa di vestiti, il copriletto sembra il tentativo fallito di comporre una caramella gigante, è tutto caos ma Serpe rimane lento e adagiato.

Io vado in bagno, mi guardo allo specchio e faccio un bilancio: tra il viaggio di ritorno per Roma, i preparativi per incontrare Serpe, l'incontro con Serpe e la conseguente maratona di atti quasi osceni in luogo pubblico e privato, ho dormito otto ore in due giorni. Non sono più una ragazzina e la stanchezza quando c'è si vede, soprattutto se supportata da questo stato di malessere fisico che mi trapana anche i pensieri. Nel mio minuscolo beauty case avevo tutto il necessario per ripristinare una dignità al mio sguardo così mi chiudo in bagno per una decina di minuti, riesco a cambiare lo slip, lavare i denti, sciacquarmi la bocca con il colluttorio allungare le ciglia, adombrare le palpebre e lucidare le labbra.

Riemergo dal pit-stop e rientro nella nostra camera, ero bella quasi quanto la sera prima ad eccezione di uno sguardo un po' corrucciato dal dolore alle tempie, al collo, alla nuca, a tutto.

Lui è sdraiato e guarda il soffitto, sposta il lenzuolo per farmi rientrare nel nostro letto ed io mi accoccolo in quel nido. Mi sento al punto della vera resa dei conti, funziono molto meglio con la complicità del buio nel tentativo di essere ottimista. «Come stai?»

«Bene» gli rispondo e sorrido. Ci abbracciamo.

«Vedi, se fossimo andati a casa tua, a quest'ora non avevamo la paranoia di doverci alzare»

«Avremmo avuto quella dei turni in bagno con la mia inquilina ingombrante»

«Devo andare in Toscana»

«Quando»

«Domani» (BOOOM! mi dice la cassa toracica),

«Non lo avevo capito». L'abbraccio si stringe. Parliamo di cose che dimentico l'istante dopo. Quell'appuntamento con il mattino era forse più importante dal momento in cui l'ho incontrato la prima volta. Era quello il momento in cui stavamo decidendo ogni cosa, non la sera prima, non in tre mesi di attesa e messaggi transoceanici. Ricominciamo a fare l'amore lentamente, siamo esausti, nessuno dei due ha dormito abbastanza. È un sesso buono come le lasagne della sera prima, le mangi con gusto ma il formaggio non fila. C'è chi dice che siano addirittura più buone ma forse questo qualcuno non ha idea della meraviglia di quando le vedi sfornare e tagliare in macropezzi con la paletta di metallo.

«Oggi devo incontrare il mio produttore, non ho idea di come arrivare fin laggiù»

«Se vuoi andiamo a prendere la mia macchina e ti do uno strappo»

«Ma no, figurati, non voglio farti fare questo sbattimento, andiamo fino a Termini insieme e poi ci sentiamo più tardi»

«Ma certo, è più comodo così».

Non ho idea di come siamo usciti da quella stanza, non ricordo il momento in cui ci siamo rivestiti, questo è buffo. Di quella fase ricordo solo che mi sono voltata a guardare il nostro letto somigliare a Guernica e di avergli fatto una foto con il cellulare.

«Questa la metti su Facebook?»

«No, per niente» e ti sorrido fredda non capendo se la cosa eventualmente ti avrebbe infastidito.

Salutiamo la receptionist che sostituisce il meno cordiale uomo canuto, usciamo. Appena fuori mi avvolge in un abbraccio e mi bacia con passione ancora una volta, mi tocca il sedere e cerca di alzarmi la gonna.

«Serpe! Siamo in mezzo alla strada, in pieno centro e in pieno giorno!»

«Scusami, e che non resisto alla perfezione del tuo culo, non ne ho mai visto uno così, ti prego di credermi, tu non capisci» e ci stacchiamo ridendo.

Sono quasi riuscita a evitare l'effetto mignotta che si crea al mattino quando ti ritrovi fuori in piena luce vestita come la sera prima. Il rischio era più alto del solito uscendo da un alberghetto. Solo i tacchi m'infastidiscono perché il suo passo è di nuovo spedito e faccio fatica a stargli dietro. Il mal di testa quasi non da più fastidio ma il freddo non lo fa passare del tutto mantenendomi in quella posizione di rigidità vigile le tempie.

Camminiamo e parliamo, mi dice che gli serve un numero di telefono italiano e immediatamente compare un negozio dove ci fermiamo a chiedere informazioni e poi a comprarne una. Prendiamo un bus al volo direzione Stazione Termini, io sto in una paranoia mortale perché la mia sindrome da controllo fa a pugni con il salire su un mezzo pubblico senza avere un biglietto vidimato. Stiamo vicini vicini, sembra allegro e proiettato nei progetti per le prossime ore, mi spiega che deve convincere il produttore ad investire sulla sua ultima idea, gli chiedo quale sia e mi risponde che spera di averla nel tragitto che lo separa da lui e ridiamo ed ipotizziamo idee per sceneggiature assurde. Mentre mi parla si riappropria della sua città con lo sguardo.

È una bellissima giornata di sole e la rotatoria su

Piazza Esedra è magica. Arrivati a Stazione Termini non si vedeva neanche l'entrata tante erano le persone lì in quello stesso momento, era uno sciame di movimenti e ronzii, rumore di ruote di trolley che somigliavano agli stormi di uccelli migranti che salutano urlando il paese che lasciano. Trrrrrrrrrrrrr.... Tutto così. Un po' storditi, chiediamo ad un autista il numero dei rispettivi autobus per le nostre differenti destinazioni. Corsie diverse per mete diverse. Ci prendiamo le mani e ci sorridiamo tantissimo imbarazzati quasi come i primi minuti insieme.

«Ci sentiamo dopo?»

«Ma certo»

Abbraccio. Abbraccio che si scioglie piano e poi occhi negli occhi. Mi prende il viso tra le mani «Sono felice», bacio dolce e piccolo.

«Anch'io»

«Allora ti chiamo più tardi»

«O.K.», sorrisi teneri, altro bacio.

Si stacca una mano, poi un'altra che resta insieme all'altra fino all'ultima falange. Ce ne andiamo. Ora so cosa prova qualcuno sfidato a duello quando partono i dieci passi di distanza prima di girarsi e sparare.

L'angoscia di quel distacco che invece di salvarti la vita potrebbe togliertela e con lei il respiro, dover dare le spalle alla certezza, poi girarsi e decidere tutto in un istante o trovare qualcuno che decide per te. Faccio il sospiro più lento che incameri più aria possibile perché ne ho un gran bisogno. Orfeo ed Euridice, chi dei due è chi?

Mentre vado verso il 176, che mi porterà a casa, non ce la faccio. Mi giro verso lo sciame. Un istante dopo, lo giuro, saranno passati al massimo due secondi, dall'altra parte del mondo di Piazza dei Cinquecento, in mezzo a persone agitate, felici, in ritardo, di corsa, con macchine fotografiche e cellulari fotografici per aria, io lo vedo mentre si gira e vede me.

Dopo pochi minuti sono sull'autobus, catatonica. Il mio cellulare mi avvisa dell'arrivo di un messaggio, forse il trentesimo da quando ho riacceso il cellulare. È un numero che non conosco. "Voooolare... ☒".

Oltre le nove canzoni di cui abbiamo già parlato ce ne sono altre ottanta che mi hanno permesso in qualche modo di comunicarti a così tanta distanza il mio stato d'animo giorno per giorno. Era la promessa che ti avevo fatto prima che partissi: "Ti penserò ogni giorno, almeno una volta al giorno e renderò dimostrabile questa cosa." Devo ammettere che in alcuni momenti trovare l'artista e il brano più consono è stato quasi più difficile che rispettare l'astinenza. Si è trattato di un lavoro di ricerca non indifferente per il quale devo ringraziare alcuni amici e soprattutto Youtube e i vari canali di traduzioni testi. Mi fa ridere di me il fatto di essermi imposta di scegliere una sfida così ardua e sono molto orgogliosa di questa infinita playlist che però rende perfettamente l'idea dell'attesa di te.

La mia cultura musicale ne ha giovato non poco, ho scoperto gruppi che non avrei mai considerato ed ho approfondito la conoscenza di altri finora considerati poco. Non tutte hanno avuto il tuo "Mi piace" ma alcune di queste sono diventate motivo di conversazione, gioco, una di queste la nostra canzone. L'elenco in countdown è venuto fuori così:

80 The National "Terrible love";

79 Counting Crows "Colorblind";

78 Radiohead "Thinking about you";

77 Francoise Hardy "Tous les garcons et les filles";

76 Edith Piaf "Non, je ne regrette rien" (su questa ti ho scritto in francese che sei un'idiota perchè mi avevi levato l'amicizia, dopo tre giorni mi hai ridato l'amicizia e mi hai scritto che l'idiota ero io);

75 Ornella Vanoni "L'appuntamento";

74 Amy Winehouse "To know him, is to love him" (l'avevo commentata: good morning love, the storm to me, the sun to you. E tu avevi messo un like di buongiorno al tuo risveglio);

73 David Sylvian "Where's your gravity" ;

72 Francesco De Gregori "Buenos Aires" (anche questa ti era piaciuta parecchio);

71 Belle & Sabastian " There's too much love";

70 Paul Weller " You do something to me";

69 Madonna "To have and not to hold";

68 Patty Smith "Dream of life";

67 Ben Harper "Waiting for you";

66 Kings of convenience "The weight of my words";

65 Billie Holiday "Lover man" (questa aveva ottenuto sia il tuo like che quello del Gallo...ops);

64 Ivano Fossati "C'é tempo";

63 Lhasa de Sela "Con toda palabra";

62 Spiritualized "Ladies and gentleman, we are floating in the space";

61 Fink "Yesterday was hard on all of us";

60 The Cranberries "Empty";

59 Cake " Strangers in the night";

58 Marlene Kuntz feat. Skin "La canzone che scrivo per te" (grande successo anche per questa);

57 Joe Cocker "You are so beautiful";

56 Vinicio Capossela "Ovunque proteggi";

55 Bright eyes "First day of my life";

54 Jimi Hendrix "Little Wing";

53 Mina Tindle "To carry many small things";

52 Cesaria Evora "Besame mucho";

51 Nico "These days";

50 Lucio Dalla "Tu non mi basti mai";

49 Brian Eno "Here he comes"(altro like tuo e del Gallo);

48 Niccolò Fabi " Ecco";

47 Celia Cruz "Quizaz, quizaz, quizaz";

46 Depeche Mode " Nothing's impossible";

45 Mogwai " Yes, I'm a long way from home";

44 Macy Gray "I try" (ecco un altro tuo Like);

43 99Posse "Quello che" (like!);

42 Baustelle feat. Valeria Golino " Piangi Roma" (decisamente la nostra canzone);

41 Kylie Minogue "Can't get you out of my head";

40 Ketty Lester "Love letters";

39 Diaframma "Baciami", questa è quella che hai postato tu una sera che avevo scritto di avere il morale a terra, l'hai messa sul tuo profilo con la scritta "39?". Ancora oggi è la soneria del mio cellulare;

38 Lucio Battisti " E penso a te";

37 Bluvertigo "Ideaplatonica";

36 Noora Noor "Forget what I say";

35 Hooverphonic "Mad about you";

34 Lana del Rey "Video Games";

33 Nouvelle vogue " In a manner of speaking";

32 Velvet Underground "I'm steaking with you";

31 The Beatles "Get back";

30 Guns N' Roses "Patience", a proposito di questo brano, in una successiva email mi avevi scritto di essere stato da ragazzo un grande fan dei Guns N' Roses;

29 Samuele Bersani "Replay";

28 Vasco Rossi "Senza parole";

27 Simple Minds "Don't you (forget about me)";

26 Mina e Manuel Agnelli "Adesso è facile";

25 Hoobastank "The Reason";

24 Kate Bush "Whutering Heigths";

23 Spiral69 "Best Porno";

22 Carpenters "Close to you";

21 U2 "All I want is you";

20 Aerosmith "Avant garden";

19 Subsonica feat. Antonella Ruggero "Per un'ora d'amore";

18 Beirut "Postcards from Italy";

17 Chris Isaak "Wiked game";

16 Beth Gibbons feat. Rustin man "Mysteries", me l'avevi regalata tu una sera che ero particolarmente scoraggiata e ti avevo chiesto "Sto facendo tutto da sola?";

15 Sananda Maitreya "Sing your name";

14 Hope "There's someone";

13 Alicia Keys "If Ain't got you";

12 Billie Whiters "Ain't no sunshine";

11 Robbie Williams feat. Nicole Kidman "Something stupid";

10 Marvin Gaye & Tammi Terrell "Ain't no mountain high";

9 Dente "Rette parallele";

8 Richard Wagner "La Cavalcata delle Valchirie";

7 Aretha Franklin "Natural Woman";

6 Super Angels "Save a prayer";

5 Richie Sambora "Every leads home to you";

4 Smokey Robinson & The Miracles "I second that emotions". Per il podio la scelta era stata ovviamente più accurate del solito. Come I tre ultimi botti che annunciano la fine dei fuochi d'artificio, Dio solo sa l'effetto che mi faceva vederle lì con quei numeri così piccolo accanto…

3 Cat Power "Breathless";

2 Joni Mitchell "At Last";
1 C.S. I. "E ti vengo a cercare".

E cosí ho fatto.

Roma è piccola, incontri sempre le stesse persone come in un paese di provincia. Capita anche con i luoghi in cui non eri mai stato e che improvvisamente ti ritrovi a frequentare con naturalezza. Normalmente accade così. Ma una settimana dopo il "Noi" Stef ci da appuntamento a Monti per un aperitivo nuovo, per cambiare aria. Mi dico che posso farcela e che me ne frego delle coincidenze. E invece mentre aspettiamo Annachiara mi guardo intorno come se intorno a me ci fosse Beirut e tremo. Tremo mentre sorrido, tremo mentre aspetto e ti rivedo abbracciarmi impacciato e sudato.

Andiamo a prendere una cosa da bere e ogni passo pesa quintali come se nelle stesse scarpe che avevo comprato per te ci fossero ora placche di piombo e le ginocchia fanno fatica. I discorsi sono quelli di sempre, la mia lingua si muove alla moviola, ogni gesto mi costa fatica.

Sei ancora in Italia e mi aspetto di vederti arrivare come se abitassi lì in quell'unico posto dove ti avevo incontrato quella prima e ultima volta. Non mi crederesti mai se parlassimo ancora e ti dicessi che quell'albergo non c'è più. Io te lo giuro, non c'era il cane, non c'era l'insegna, non c'era niente, come se ogni cosa mi disconoscesse come tu hai fatto. Io ti ho creato e tu mi hai distrutta, dov'è che il mio piano non ha funzionato?

Non sono pronta ai "te l'avevo detto" di nessuno, perché il mondo intero "me l'aveva detto". Vorrei avere tre anni, risvegliarmi, urlare un minuto e avere immediatamente una luce che si accende e due braccia che mi trascinano fuori dal buio. E invece lo so che durerà, forse più dei mesi investiti ad aspettarti. Ottantanove giorni in cambio di uno soltanto.

I miei occhi devono cambiare immediatamente, perché non voglio mostrare la mia frustrazione né spiegare niente a nessuno adesso. Li socchiudo fingendo di ridere a battute che non ascolto. Ogni tanto ne faccio una io per farmi riconoscere da qualcuno perché io invece mi rinnego. Gli altri parlano, io penso.

Come pensavi potesse funzionare, Bea? Come può un uomo tenere una parte per tre mesi per una unica notte di sesso? Ma perché quell'impegno nello scriverti una volta al giorno dall'altra parte del mondo? È già arrivato con l'intento di sparire immediatamente dopo o non gli sei piaciuta tu? Non sarà che non sei abbastanza, Bea? Non parli che due lingue e un dialetto, non hai abbastanza soldi, il tuo lavoro non è abbastanza figo, le tue tette troppo piccole, sei troppo bassa rispetto a lui? Lui è una merda, gli uomini sono tutti uguali, nessun maschio si prende una responsabilità, voleva solo portarti a letto, ne ha una in ogni città? E quando i luoghi comuni saranno finalmente finiti arriverà la risposta che tutte odiano: non era quello giusto? Lo avevo creato a tavolino questa cazzo di volta, come poteva non essere lui?

«Bea», la voce dolce di Stef.

«Oh» io che mi risveglio, ahimè, ancora fuori circondata di gente.

«Se magnamo na cosa?»

162

«Eccerto» sorriso falso.

Arriviamo in un locale per mangiare ed io non ce la faccio. A quel punto sto male, mi sento debole e infreddolita come un parabrezza appannato quando non capisci se puntargli contro un riscaldamento o altra aria fredda per tornare a vedere la strada. Non so che fare perché devo sforzarmi di ricordare anche come respirare ed ho il viso contratto nel dolore di dentro e quello di fuori. Li saluto, vado a casa gli dico. E nel percorso verso la macchina vorrei tornare indietro a cercare quel cazzo di albergo correre per le scale ripide di legno e bussare alla camera "Michelangelo" e vederti aprire sorridere prendermi in braccio e chiederti di non farmi uscire mai più. La stanza in cui ho provato così tanto amore da disintegrarla, deve esistere perché altrimenti ho immaginato tutto e vorrei io stessa non esistere se è così. Ma non ce la faccio, sono troppo debole e già mi chiedo come farò a tornare a casa perché non ho idea di come farò a guidare.

Come in un incantesimo, giro la chiave nella porta ed entro in silenzio per non svegliare la mia compagna di casa e maledico anche lei perché vorrei fosse lei a non esistere per poter sfasciare tutto con quei due grammi di forza che invece servono per accompagnarmi a letto.

Il giorno dopo ho la febbre a 39.

Dopo dodici anni mi riammalo come una bimba e mi fa male tutto. Ho il tempo di farmi un tè caldo solo in quell'ora in cui tra una medicina e l'altra riesco a sfebbrare, sudare, cambiarmi di sana pianta, bere il tè e ricominciare a star male. Non verso una lacrima ed anche questo mi provoca dolore. Questo passione dura per cinque lunghi giorni in cui rifiuto ogni visita e taglio corto ogni chiamata. È l'influenza che gira adesso dicono tutti, ma affanculo, io lo so che questo è male dentro, male del sentimento. I tuoi post su Facebook parlano d'altro ed io schivo pallottole che comunque mi prendono di striscio e mi fanno sanguinare ancora. Finché non scrivi "Paris" ed io non so più che fare.

Sono passati quattro mesi e non ho mai più sentito la tua voce. Quello che di me traspare sul social network è una vita felice piena di lavoro, amici, hobby. Dentro di me resta un'ombra che mi scalda il cuore come una coperta morbida e non ho voglia di lasciarla andare.

Gli uomini se ne vanno. È una lezione difficile da gestire perché ogni volta credi e speri che non sia così. E invece per qualche motivo ti abitui alla loro schiena, a quella porta e a quel modo di camminare verso altrove che riconoscerai anche la prima volta che glielo vedrai fare.

Ora abito da sola in una minuscola deliziosa casa che mi tiene fuori dal mondo, se mi va, e che all'occorrenza si riempie di gente piena di sorrisi. In una piccola strada molto spartana a Trastevere. Si entra da una portoncina di ferro rosso e dopo un corridoio pieno di edera si accede a una piccola cortina chiusa su quattro lati da pochi appartamenti. C'è un albero al centro e ora che è primavera riempie il pavimento di fiori lilla a forma di campanella. Si scorge il treno passare e i vicini sono come una piccola, discreta e silenziosa famiglia.

La mia casa è mia. Grande quanto basta, una doccia meta di pellegrinaggi in cui fotografo gli amici che passano di qui nelle pose più stravaganti. Due persone ci entrano comodamente e c'è anche un gradone su cui accomodarsi, è in muratura di mosaico bianco e nero, i commenti dei miei amici su ciò che si può fare là dentro sono da censura. Nessun uomo da allora mi ha dormito accanto, anche se stavolta non ti ho promesso niente. Sarebbe puerile negare il desiderio di vederti entrare.

Da quel che ho capito sul tuo profilo, sarai a Roma in aprile e non riesco a non vederti seduto sulla mia panchina al sole mentre leggi, mentre ti preparo il caffè.

L'altra mattina mi sono svegliata a pancia in giù e con un braccio penzolone dal letto, avevo la schiena nuda e sentivo freddo. Non mi sono mossa da quella posizione per un po' perché quando ho aperto gli occhi nel dormiveglia sei comparso tu. Avevo la sensazione che voltandomi ti avrei trovato lì, con la testa sull'altra metà del mio cuscino. Quando sento cose così mi si bagnano gli occhi e sento formicolare le spalle.

Sono rimasta in quella posizione finché con un sospiro non mi sono rigirata e ho allargato le braccia per godermi il mio vuoto. Mi dico spesso che se avessi avuto il tempo di conoscerti non mi saresti piaciuto e che ciò che amo di te è quell'unica notte perfetta e irripetibile che ho costruito a tavolino per mesi. Sei il mio Frankenstein, il mio Edward mani di forbice. E non c'è dietrologia, non ci sono metafore sul tempo, sul viaggio interiore non c'è niente di tutto questo.

C'è amore e basta.

Tragicomico, ridicolo, maledetto, benedetto, inventato amore che mi chiedo come riuscirò a eguagliare e se ancora potrà mai essere. L'amore inventato è così perfetto. Quanti cazzettini toc toc, quanti Mr Pss dovranno ancora passare prima di sentirmi ancora in quel modo se mai accadrà di sentirmi ancora in quel modo? Odio il solo pensiero della possibilità che questa cosa non fosse mai accaduta.

Non esiste dolore più grande, neanche quello di averti perso, che quello di non averti mai incontrato. E mi sta bene, sai che c'è? Hai segnato come Zorro almeno un anno di vita in più sul mio viso e questo mi rende più affascinante, così impari.

Chissà dove sei nuvola adesso. Sciogli quell'incantesimo. In qualche modo da Parigi dove ora forse nevica, soffia il tuo alito caldo sul vetro della tua finestra e scrivi con l'indice le parole "sei libera". Fosse la volta buona che ti cancello con una scopata.

Ringraziamenti

Annarosa e Antonio, siete il mio più grande tesoro, grazie per avermi sempre tenuta in braccio, vi devo veramente tanto, come quella caduta che mi avete procurato a due anni contro il termosifone da quel cavallino a dondolo che deve avermi aperto la mente oltre che al sopracciglio :)

I miei nipoti, Francesco, Gabriele , Diego e Marco la gioia della mia vita, vi ringrazio per il profumo che avevate appena nati, non me ne sono persa neanche un po'. Mi auguro diventiate degli uomini giusti e che vi divertiate sempre, contate su di me. Ringrazio te Alessandro, per l'aiuto e l'affetto, sempre, soltanto l' anagrafe non sa quanto siamo fratelli io e te.

Grazie Marco e Chiara, per l'esempio, per l'amore, la fiducia e questa grande amicizia. Grazie Elisabetta e a quella passeggiata al pigneto in cui mi hai fatto vedere per la prima volta questo progetto come realizzabile. Grazie Elvira e grazie Karen, per non avermi mai detto un solo no e per tutto il supporto fisico e morale degli ultimi anni. Giusina grazie per l'entusiasmo da cui ho solo da imparare, sei la mia amica e una grande fonte di ispirazione. Alessia, per avermi incoraggiata così tanto con telefonate piene di risate e citazioni. A Vittoria, grazie, da quella festa in cui ti ho scelta come amica non me ne sono pentita mai un momento (LPB). Ringrazio Zia Ermanna, Carlotta e Antonio per avermi aiutata in quel momento così doloroso che conosce solo chi lascia la propria casa e la propria famiglia, vi voglio così tanto bene... Grazie a Babby perché sarai sempre il mio migliore amico e a Silvia per avermi messo in braccio Giorgia, che meraviglia! Gli amici

che hanno partecipato alla realizzazione del booktrailer!
Benedetto, Michael, Karen, Silvia, Claudio, Federico,
Ivan e Giovanni, belli, bravi e molto, molto pazienti!
Simone Cecchetti per le foto e per la grande stima reci-
proca. Ringrazio per la fiducia Tatiana, un'imprenditrice
vera che senza avermi mai incontrata prima, mi ha scritto
l'email più bella degli ultimi 10 anni che riassumerei così:
Aspettami si farà.

Grazie Cosenza mia, per avermi fatto crescere protetta.
Grazie all'Istituto Regina Elena di Roma che mi ha inse-
gnato così tanto sugli abbracci.

Ringrazio la felicità, per quei momenti, come adesso, in cui
decide di palesarsi dando senso ad ogni cosa.